夜の日記

ヴィーラ・ヒラナンダニ

山田 文 訳

金原瑞人選
モダン・クラシック
YA

作品社

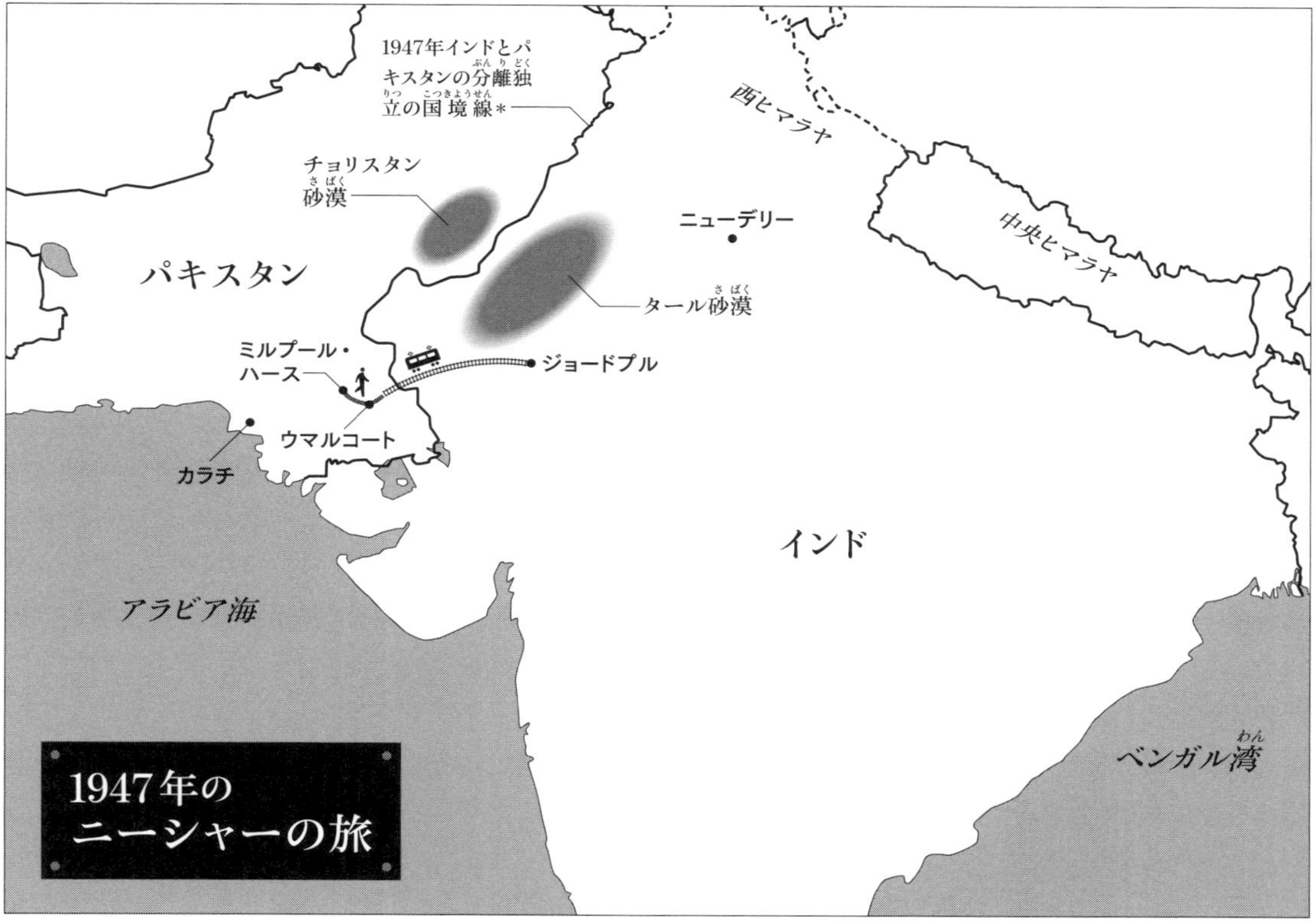

*1947年のインドとパキスタンの分離独立のときにサー・シリル・ラドクリフによって引かれた線で、1947年8月17日に正式に告知された。

父へ

一九四七年七月十四日

ママへ

ねえ、知ってるよね。十二年まえのきょう、朝の六時になにがあったか。知らないはずないもんね？　わたしとアーミルがこの世にきて、ママがこの世からいなくなった日。でも悲しいのはいやだ。しあわせな気分で、なにもかもぜんぶママにつたえたい。最初からはじめるね。これから書くこと、ママはもう知ってると思うけど、知らないかもしれない。みてなかったかもしれないし。

十二歳になって、うれしくてたまらない。これまででいちばん大きな数だけど、かんたんな数だから――口にするのも、かぞえるのも、ふたつに割《わ》るのもかんたん。アーミルもわたしみたいにママのことを考えてるかな？　十二歳になったの、アーミルもうれしいかな？

アーミルとわたしは七時ちょっとまえに起きた。わたしたちは、生まれた時間にはたいてい眠っている。誕生日《たんじょうび》に目をさましたら、まえの年に石で壁《かべ》につけたしるしの横に立つ。しるしのことはだれも知らない。わたしがアーミルのしるしをつけて、アーミルがわたしのしるしをつけて、まえの年からどれだけ大きくなったかたしかめる。アーミルがついにわたしに追いついたんだ。いつかアーミルが家族でいちばん大きくなるだろうってパパはいう。想像しにくいけど。

ママの金のチェーンをパパからもらった。金の腕輪《うでわ》ふたつ、小さなルビーがついたやつ。七歳になったときから、かざりや宝石をくれるようになった。金の腕輪ふたつ、金の指輪ふたつ、エメラルドと金の小さなフープ・イヤリング、ルビーのネックレス。とくべつな日のためにとっておきなさいってパパはいう。でも、さいきんはとくべつな日なんてないから、ぜんぶつけっぱなしではずさない。パパがどこにしまってるのか知らないけど、毎年、誕生日になると、ひとつずつベッドの横に出てくる。金の縁《ふち》がついたダークブルーのビロードの箱《はこ》にはいってて、あけると青いサテンの内ばりがきらきら光る。中身を出したあと、パパはいつも箱を返しなさいっていう。

ほんとうは中身より箱のほうがほしい。すっかりわたしのものにして返したくない。小石とか、葉っぱとか、ピスタチオのからとか、みつけたものをなんでもいれておけるように。魔法《まほう》みたいに、そんなものが一日だけでもとくべつになるはず。かざりや宝石がぜんぶなくなったら、パパは箱をくれるかも。

この日記帳のことをママに話したい。けさカジがくれたんだ。茶色い紙につつんで干し草でしばって。誕生日にプレゼントをくれたことなんて、これまでいちどもなかった。まえに読んだイギリスのお話では、小さな女の子が誕生日に大きなピンクのケーキとプレゼントをもらっていた。きらきらの紙とリボンで包装《ほうそう》されたやつ。誕生日と関係なく、カジはよくちょっとしたプレゼントをくれる——まくらの下のキャンディとか、菜園《さいえん》でとれたトマトとか。熟したトマトをスライスしてお皿にならべて、塩をふってとうがらしをぱらぱらかける。ケーキとリボンもいいけど、かんぺきなトマトよりいいものなんてある？

日記帳はむらさきと赤のシルクでおおわれていて、小さなスパンコールでかざられて小さな鏡《かがみ》が縫《ぬ》いこまれている。紙はごわごわでぶあつくてバターの色。罫線《けいせん》ははいっていない。わたしはそれが好き。日記帳をもつのははじめて。くれるときにカジはいった。そろそろいろんなことを書きとめておいたほうがいいし、わたしがそれを書くべきだって。これから起こることをだれかが記録に残さなきゃいけないけど、おとなはいそがしすぎるからっていう。なにが起こると思ってるのか、わたしにはわからない。でも、できれば毎日書こうってきめた。『ジャングル・ブック』みたいなお話の本を書くように、ママにいろんなことを説明したい。動物は出てこないけど。いきいきと書いて、ママが想像できるようにしたい。みんながいったりしたりすることをおぼえておきたい。物語のおしまいは、そこへたどりつくまでわからない。

カジはアーミルにもお絵かき用のチャコールペンシルをあげた。五本も！　朝食にキールとプーリーもつくってくれた。これよりおいしいものなんて世界にないと思う。アーミルはいつもはガツガツ食べるのに、キールのときはすぐになくならないようにちびちび食べる。わたしが食べおわったあとも、アーミルが食べるのをずっとみてなきゃいけない。わざとだと思う。ときどき顔をあげてニカって笑う。わたしは知らんぷりする。アーミルはわたしにおかしをとっておいてくれることもあるけど、キールはぜったいにわけてくれない。

でもきょうは遅刻《ちこく》しそうで、アーミルはキールをゆっくり食べていられなかった。おばあち《ダーデ》やん《ィー》にお皿を取りあげられて、準備《じゅんび》しなさいっていわれたから。アーミルは学校にいきたくないっていいだした。自分もおとなだったらよかったのに、パパみたいに病院で働《はたら》けたらいいのにって。「遠くにいると、太鼓《たいこ》の音はきれいに聞こえるんだよ」いつもみたいにダーディーはいって、わたしたちをドアの外に追いだした。

　ないしょのことがひとつあるんだ、ママ、怒《おこ》らないでね。アーミルとわたしは学校にいかなかった。はるばる街《まち》の外のサトウキビ畑までいって、迷路《めいろ》みたいにそのなかを歩こうとした。くきを折ってかんで、そのあと木陰《こかげ》でひと休みした。アーミルはみつけた虫の絵をかいて、わたしは本を読む。それから、街の道ばたの屋台でじゃがいものパコーラーを買った。学校はどうしたのって、だれにも聞かれませんようにって思いながら。パコーラーはサクサクで、とてもよく塩がきいていた。アーミルにはしょっぱすぎたみたいだけど、わたしは食べおわったあともずっと舌《した》がぴりぴりしてるのが好き。

　アーミルは学校にいかないで一日じゅう絵をかいたり遊んだりしてたいみたい。ていうか、学校以外ならなんでもいい感じ。ママ、知ってた？　アーミルは絵がすごくうまいんだよ。わたしは学校はきらいじゃないけど、誕生日にアーミルをひとりぼっちにさせたくなかった。学校にいかなかったのがパパにばれたら、わたしよりもアーミルのほうがずっときびしくしかられる。いつもそう。むかしはちがったんだけど。アーミルはパパのお気にいりだった。いつもわたしより元気で、楽しそうで、おもしろおかしかったからだと思う。でもアーミルはもう小さくもかわいくもなくなって、パパもかわった。

七つか八つのとき、アーミルは家出したことがある。それがはじまり。その日、パパは病院から帰ってきてくたくたで、夕食のときアーミルに、意味もなくニコニコするのはやめなさいっていった。バカみたいにみえるぞって。それを聞いてアーミルはもっとニコニコした。

そうしたらパパはいった。「アーミル、おまえは字を読めない。遊びすぎだし、つまらない絵ばかりかいているじゃないか。もっとちゃんとしなければ、ろくな人間にならないぞ」

「たぶんぼくはいなくなったほうがいいんだよね。そうしたらパパはしあわせになる」そういってアーミルはパパの返事を待っていたけど、パパはなにもいわなかった。食事にもどっただけ。アーミルは席をたって、そのまま家を出ていった。一時間たっても帰ってこないから、わたしはアーミルをさがしにいった。さがせるところはぜんぶさがした。庭、納屋《なや》、カジとマヒトの小屋、アーミルがいきそうなところはぜんぶ。パントリーとパパのクローゼットまでのぞいた。パパはへいきなふりをしてたけど、アーミルがどこにもいないってわたしがカジに話すと、カジがそれをダーディーにつたえて、ダーディーがパパにつたえて、パパは手さげランプをもって出かけていった。わたしは眠れずにベッドに横たわって、アーミルが帰ってこなかったらどうしようと思ってた。アーミルがいないこの家、この人生なんて想像できない。パパが帰ってくる音が聞こえた。アーミルの声か足音が聞こえるのを待ったけど、なにも聞こえない。わたしは人形のディーをぎゅっと抱《だ》きしめて泣きだした。そしていつのまにか眠っていた。あけがたに目をさましたら、となりのベッドでアーミルがぐっすり眠っている。ぜんぶ夢じゃないかと思った。

「アーミル」ベッドの横に立って、アーミルをつついて起こした。「どこいってたの？　帰ってきたこと、パパは知ってるの？」

「知ってるよ」だるそうな声でアーミルはいった。「街まで歩いて、そのままずっと歩きつづけたんだ。立ちどまりたくなかったから。でもパパにみつかった」

「パパ、怒ってる？」

「パパはいつもぼくに怒るでしょ。ニコニコしてても、してなくても、どっちでも。パパはぼくみたいな子はいらないんだよ」

「そんなことないよ」わたしはアーミルの肩に手をおいた。アーミルはそっぽをむく。パパのこと、アーミルのいうとおりかも。アーミルが家出した夜から、パパはアーミルがアーミルでいることにいつも怒ってるみたい。


けさ、パパはアーミルのベッドに本をおいていた。いつもなら誕生日にはわたしだけがパパからかざりや宝石をもらって、みんなでお寺へいってプージャーの儀式《ぎしき》をする。神さまに葉っぱやおかしをおそなえして、いい一年になりますようにってお願いするんだけど、けさパパはその話をしなかった。あしたいくのかな。パパはお寺にいくのが好きじゃない。わたしたちの誕生日とディーワーリーのお祭りのときだけは、ダーディーがどうしてもっていうからいく。ときどきパパはダーディーとお寺まで歩いていって外で待ってる。わたしはいつもお寺にいくのが楽しみ。ランプが燃《も》えるけむりのにおいをかぎながら水を飲む。聖水《せいすい》の金属《きんぞく》っぽい味を舌に感じるのだって好き。お祈《いの》りをとなえるやわらかな声を聞くと、ここちよくて愛されてる気分になる。ママがそこでみまもってくれてる感じがする。でもママはイスラム教徒だったから、たぶんヒンドゥー教のお寺なんていかないよね。

アーミルの本はとてもきれい。マハーバーラタのお話をあつめたぶあつい本で、表紙の字は金色。なかにはあざやかな色の絵がたくさんある。アーミルのことだから、絵はすごく気にいるだろうけど、字は読まないと思う。ことばがぴょんぴょん飛びまわって、目のまえでかたちがかわるから読めないんだって。宿題《しゅくだい》をしたくないからうそをついてるんだってパパは思ってるけど、そんなことはない。アーミルが字を読もうとするときは、目を細めて苦しそうな顔をしてる。必死なのがわかる。ときどき本を逆さまにまでするけど、なにをしてもだめみたい。それってアーミルにすこし魔法《まほう》みたいな力があるせいだと思う。アーミルの目はなんでもアートにしてしまうから。すごくいい本を買ったらアーミルも読むだろうってパパは思ったのかも。

きょう学校をサボったこと、パパになにもいわれなかった。校長先生が使いの人に手紙をもたせてパパに知らせなければいいんだけど。つかれたから、そろそろあったかいミルクを飲んでベッドにはいらなきゃ。アーミルはもうぐっすり眠ってて、くうくういびきをかいている。ママに日記を書くのは夜がいちばん。だれにもじゃまされないから。

ニーシャーより

＊

一九四七年七月十五日

ママへ

びしょぬれのシーツみたいにまぶたが重いから、こんばんはひとつだけ書くね。パパはすごく怒ってる。バレたら怒られるってわかってたけど。わたしの先生はなにもいってこなかったんだけど、アーミルの先生が知らせてきたんだ。けさパパはアーミルを部屋のすみにすわらせて、朝ごはんを食べさせなかった。わたしが罰《ばつ》を受けなかった理由をアーミルはたずねなかった。わたしもサボったのはパパも知ってるはずなのに。たぶんわたしは学校の成績がよくて、アーミルはよくないからだと思う。わたしはチャパティをひとつだけ食べて、もうひとつはナプキンにくるんだ。そしてだれもみてないすきに教科書のあいだにはさんだ。アーミルにあげるため。

わたしたちをいちばん好きなのはカジだと思う。もちろんパパもわたしたちを愛してるけど、それは父親だからだし、ダーディーがわたしたちを愛してるのは、おばあちゃんだから。愛してくれるのはとうぜんなんだけど、パパはいそがしすぎてあまりかまってくれないし、ダーディーは年をとりすぎてる。パパは毎日働いていて、日曜まで仕事にいく。お医者さんだからしようがないけど。いつもみんながうちのまえにおくりものをおいていく。花とかおかしとか、パパがすばらしいことをしてくれたお礼にって。ときどき思う。パパなんてほんとうはいないんじゃないの？　ひんやりした朝の空気といっしょに音もたてずに家を出ていく。ときどき夜おそくに帰ってきて、眠っているわたしにおやすみのキスをする。わたしは目がさめてパパをみる。夢《ゆめ》をみてるみたいな気持ちになる。

ニーシャーより

＊

一九四七年七月十六日
ママへ
　カジはわたしたちにたくさんかまってくれる。ずっとむかしからそう。わたしたちがもっと小さいころ、たぶん五つか六つのころには、仕事のあとで床《ゆか》にあぐらをかいていっしょに遊んでくれた。家のまえでクリケットのやりかたを最初にアーミルに教えてくれたのもカジ。ボールの投げかた、打ちかた、キャッチのしかた。パパはいちども教えてくれなかった。わたしは窓からながめて、アーミルが空《から》ぶりすると大笑いした。むこうからこっちはみえないから。
　わたしはいつもキッチンでカジを手伝うんだけど、ダーディーはそれをいやがる。将来はいい人と結婚《けっこん》して、料理《りょうり》はカジみたいな人がしてくれるんだからって。でも、そんなのぜんぜん楽しくなさそう。はやく大きくなって、カジがやってることをできるようになりたい。カジはいろんなことをどんどん手伝わせてくれる。もうレンズ豆をよりわけたり、大理石《だいりせき》のすりばちとすりこぎでスパイスをひいたり、バターをあたためてギーをつくったり、チャパティの生地《きじ》をまぜたりできるんだ。だいたい宿題をはやく終わらせて、わたしがまだ勉強してるとダーディーが思ってるうちにキッチンにしのびこんで、カジの夕食の準備を手伝う。カジは下をむいててもわたしに気づく。まるでにおいでわかるみたいに。こっちをむいて、さやをむく豆をわたしてくれる。わたしは食べるよりも料理するほうが好き。カジはどうしていつもあんなにぱっとしない食べものを——にがい野菜、かわいたレンズ豆、小麦粉、油、スパイス——、あんなにあったかくておいしいものにできるんだろう?

ニーシャーより

*

一九四七年七月十七日
ママへ
カジのいうとおり。わたしは日記を書くのにむいてる。話すより書くほうがずっと好き。わたしはほとんど話さないし、しゃべる相手はアーミルとカジぐらい。ふたりのそばではふつうでいられる。必要なときはダーディーとパパとも話す。でもほかの人にはことばが出てこない。口から頭のどこかがこわれてるみたい。話すのはこわい。ことばがいちど外に出たら、もう口のなかにひっこめられないから。でもことばを書いて思ったとおりにいかなかったら、消してやりなおせる。わたしはクラスでいちばん字がじょうずで、作文はぜんぶ最高点なんだ。じまんの娘だよね。
アーミルは話すのが好き。走るのが好き。笑うのが好き。大声をあげるのが好き。でも、絵をかくほかは、ものを書くのはだいきらい。先生たちはアーミルのことをバカだと思ってる。字を読めないし、宿題もやらないからって。でもアーミルの絵をみてほしい。いろんなものをかくんだ。黒のチャコールペンシルでおそろしいサソリやヘビをかくこともある。一本一本の足、ひとつひとつのでこぼこ、こまかいところまでぜんぶ。朝、まだ眠っているわたしの絵をかくこともある。そんなふうに自分の姿《すがた》をみるのはふしぎだけど、なんだかうれしい。ひとりぼっちじゃなくて、いつもだれかがみまもっていてくれてるみたいな気分になるから。ママもみまもってくれてる？

アーミルはダーディーやパパの絵をかくこともある。ふたりがよそみしているあいだにかいて、わたしだけにみせてくれる。料理をしているカジもかく。小麦粉と水で紙きれをたくさんくっつけて、大きな絵をかくのも好きなんだ。カジがスケッチブックをあげて、アーミルは小麦粉の袋《ふくろ》とか新聞のはしっことか、そこらへんにあるもので練習《れんしゅう》してから、いちばんいい絵だけをそのスケッチブックにかく。スケッチブックの紙をさわらせてもらったら、雲みたいにまっ白で、シルクみたいにすべすべだった。どうしてアーミルはあんなの？　どうしてわたしはこんななの？　ママは知ってるはずだよね。

ニーシャーより

＊

一九四七年七月十八日

ママへ

きょうはとてもおかしなことがあった。午後に男の人が三人うちにきたんだ。なにをしにきたのかわからない。わたしは宿題をしていた。アーミルも宿題をしようとしてたけど、落書《らくが》きしてばっかり。ダーディーはテーブルのまえにすわって手紙を書いていた。パパは病院で仕事中。ドアをノックした人は、ひとりはわたしたちの学校の先生で、いつも白髪《しらが》を赤くそめている。ひげはとうがらし色。ほかのふたりは知らない人。ダーディーが窓の外をみてアーミルを呼んで、キッチンへいってカジといっしょにいなさいっていった。わたしたちがキッチンにいったのをみて、ダーディーは目をきょろきょろさせてからドアをあけた。

わたしとカジとアーミルは、角《かど》からのぞいていた。男の人たちはひそひそ声で話すから、なにをいっているのか聞こえない。でもそのうち声が大きくなっていく。まえにパパがダーディーに話してたり、新聞の見出しにのってたりしたことばや名前がときどき聞こえる。聞こえたことばを頭のなかでパズルのピースみたいに組みあわせてみる。〝パキスタン〟〝ジンナー〟〝独立《どくりつ》〟〝ネルー〟〝インド〟〝イギリス〟〝マウントバッテン〟〝ガンディー〟〝分割《ぶんかつ》〟。

ダーディーはずっとうなずいていて、空気はパイプのけむりみたいなにおいがする。ダーディーが玄関のドアを閉めようとしたのに、いちばん背の高い人がおさえて閉めさせなかった。こわい。やっとドアを閉めたダーディーがこっちをむく。かくれてたところからわたしたちが出ていっても、なにもいわない。目がまんまるになってて、カジとこっそり目くばせする。どうしたのってアーミルがたずねた。

ダーディーは手をふって答えなかったけど、アーミルはあきらめない。

「教えてくれなきゃ大声でわめくよ」

ええっ？　アーミルがこんなに反抗《はんこう》するなんてびっくり。

ダーディーは顔をしかめた。「心配するようなことじゃないよ。それに大声でわめいたら、まっ先にパパに知らせるからね」ダーディーは怒《おこ》ってアーミルのまえで指をふる。

アーミルはがっくり肩を落とす。カジはキッチンに消えた。わたしは宿題を終わらせて、サヤマメのさやをとったり、ニンニクとショウガをみじん切りにしたりしてカジを手伝ったけど、カジはなにも話してくれない。話したくないんだってわかった。

「あの人たち、怒ってたみたい」あとでベッドに寝ころがりながらアーミルにいった。「なにかたいへんなことが起こってるんだ思う」

「だよね」アーミルがいう。「いつ出ていくんだ、って声が聞こえた」

「どうして出ていかなきゃいけないの？」

「もうすぐインドがイギリスから自由になるのと関係あるみたい」

イギリスから自由になるって、どういう意味だろう。そもそも、どうしてわたしたちを支配することがゆるされていたの？　自分の国の人のめんどうだけみていればいいんじゃないの？　うちにきた人たちのことを考えた。みんな冷静《れいせい》だった。おとなはめちゃくちゃ怒るまえに冷静になる。あの感じ。

「むかしパパによくこちょこちょされたの、おぼえてる？」アーミルがごろんとこっちをむいた。

「ずっとされてないよね」わたしは答えた。小さいころ、わたしたちはパパにくすぐられて起きた。いま考えるとすごくふしぎ。アーミルはそれが大好きだったから、わたしも好きになろうとした。アーミルは頭をのけぞらせて、きゃあきゃあ声をあげてもっとしてっていう。わたしは歯を食いしばって、パパの手を押しのけないようにがまんする。がけから落っこちてるみたいな気分になった。どうしてそんなことをいいだしたんだろうと思って、アーミルにたずねた。

「パパがあのころみたいだったらいいのに」アーミルはいって、またあおむけになった。

アーミルは目を閉じて、ゆっくり寝息《ねいき》をたてはじめる。むかしのパパのことを考えた。わたしたちをくすぐるパパのこと。パパはすっかりかわっちゃったの？　それともわたしたちが大きくなっただけ？

ニーシャーより

＊

一九四七年七月十九日
ママへ
よくないことがどんどん起こってる。アーミルとわたしが学校まで一・五キロぐらい歩くときは、いろんなもののそばをとおる。まず、わたしたちが暮《く》らす家の敷地《しきち》。パパはミルプール・ハース市立病院の院長だから、市からひろい土地をもらって暮らしている。わたしが知ってるほかのだれのうちより、ずっと大きな土地。平屋《ひらや》だての家があって、ニワトリ小屋、花園と菜園、カジの小屋と庭の手入れをするマヒトの小屋がある。街にどんどん近づいていくと、病院のまえをとおりすぎる。それから刑務所《けいむしょ》のまえをとおる。市場《いちば》でものを盗《ぬす》んだりした人がいかなきゃいけないところ。ここは殺人犯《さつじんはん》の刑務所じゃないってダーディーがいってた。殺人犯はほかのところへいくんだって。学校へいくとき、いつもわたしは刑務所のなかの人と目をあわせようとする。

フェンスごしにみえるから。みんなかわいそう。ものを盗むのは、たいていおなかがすいてるからだし。でも、なかにはほんとうに悪い人もいる。ただ悪いことをしたいだけで、おもしろがって人を傷つけたり、ものを盗んだりする人。悪い人とそうじゃない人はみたらわかると思う。悪い人は思いっきりニカって笑う。いい人はそんなことはしない。

わたしの学校とアーミルの学校はとなりどうし。男子の公立学校と女子の公立学校。女の子はみんな学校にいくわけじゃないから、わたしの学校のほうが小さいけど、教育を受けるのはたいせつだってパパはいう。きょうは学校へ歩いていたら、年上の男子がふたりあとをつけてきた。ときどきそんなことがあるんだ。アーミルを追いかけてくるんだけど、いつもはアーミルをおどかすだけ。アーミルはだれより足がはやいから、いつも逃《に》げる。でもきょうは石を投げてきて、小さな石がわたしの頭のうしろにあたった。アーミルに腕をひっぱられてかけだして、路地裏《ろじうら》にはいる。せまい道をとおって、庭をいくつか走りぬけて、またべつの舗装《ほそう》されてない道に出た。マンゴーの木がたくさんはえているのをみつけて、そのうしろにかくれた。

「どうしてあんなことするんだろう？　アーミル、なにかしたの？」わたしは小声でたずねた。

「なんにもしてないよ！」アーミルも小声で答える。

頭のうしろをさわると、石があたったところに小さなこぶができてた。そのあと、いつもとちがう道で学校へむかった。またべつの舗装されてない道をとおって、サトウキビ畑のなかをぬけて。でも時間がかかって遅刻《ちこく》した。放課後《ほうかご》はうちまで一気に走った。家につくと、ぜいぜいいってててダーディーにあやしまれないように、ドアの外で息を落ちつかせた。

「ぼくらがヒンドゥー教徒だからだよ」アーミルがいう。あたりをみまわして、またひそひそ声で話しだした。「いまはインドのあちこちでヒンドゥー教徒、シク教徒、イスラム教徒がひっきりなしに戦ってるんだって。ここはまだへいきだけどね。カジが新聞で読んだことを教えてくれた。だからきのう、あの人たちがうちにきたんだよ。ヒンドゥー教徒は出ていかなきゃいけなくて、カジはぼくらといっしょに暮らしたらいけないんだって」

「カジはイスラム教徒だから？」わたしはたずねたけど、アーミルは答えないで家にかけこんで、夕食まで部屋でずっと絵をかいてた。わたしはあの男子たちのことを考えた。あの子たちはイスラム教徒だ。イスラム教徒かヒンドゥー教徒かシク教徒か、着ている服や名前でだれでもわかる。でもこの街ではずっとまえからみんないっしょに暮らしてきて、人の宗《しゅうきょう》教のことなんてほとんど考えもしなかった。これってインドがイギリスから独立するのと関係あるの？　このふたつがどう関係してるのか、わたしにはわからない。

ときどきアーミルはわたしが知らないことを知っている。人とたくさん話すし、カジと市場にもいくから。学校でも友だちがたくさんいる。口から出ることばが正しいかなんて気にしない。わたしもあんなふうになれたらいいのに。わたしにはサビーンしか友だちがいない。学校では宗教に関係なくみんないっしょに遊ぶ。サビーンはイスラム教徒で、いつもランチをいっしょに食べるんだ。サビーンにはあまり友だちがいない。しゃべりだすととまらなくて、人の話を聞かないから。わたしは気にしない。聞くのがとくいだから。

ママがイスラム教徒だったこと、だれも話さないんだ。みんな忘れちゃったみたいに。でもわたしは忘れたくない。ほんとのほんとをいうと、お父さんとお母さんの宗教がちがう子はほかにひとりも知らない。だれも話したがらないの、おかしいよね。パパとダーディーがヒンドゥー教徒だから、たぶんわたしたちもヒンドゥー教徒なんだと思う。でもママ、ママはいまでもわたしの一部だよ。その部分はどこへいっちゃうの？

ニーシャーより

＊

一九四七年七月二十日

ママへ

さいきんママのことをよく考える。誕生日のあたりはいつもなんだけど。むかしパパに教えてもらった。生まれるとき、わたしはちゃんと出てきたけど、アーミルは反対むきで足から先に出てきたんだって。ママはそのせいで死んじゃったの、ってアーミルがたずねたことがある。そんなおそろしいことは考えないで口を閉じてなさい、ってダーディーにいわれてた。でもわたしも考えちゃう。アーミルが考えすぎないといいんだけど。

パパの本棚《ほんだな》に花輪でかざられたママの大きな写真が一枚ある。髪《かみ》はうしろでおだんごにしてて、目にはコールライナーをぬっている。映画スターみたい。アーミルは鼻が高くて目が大きくてママに似ている。わたしはどっちかっていうとパパ似《に》。パパとおなじで顔がまるくて口が小さい。もっとママに似てたらよかったのに。

ママがいないさみしさは、しばらく消えてても、ときどきわたしをみつけにくる。なにかがあってママのことを考えると、悲しい気持ちがずっとつづく。ダーディーはキスしてくれない。手にふれるだけ。髪を三つ編《みあ》みにしてくれたり、調子が悪いときにカルダモンミルクをつくってくれたりはする。でもやっぱりちがう。サビーンのママは放課後に毎日むかえにくる。道を歩いていくふたりの背中をみおくる。サビーンのママはおしりをゆらしながら、サビーンの手をにぎって歩いていく。サビーンは一日のできごとをぜんぶ話す。ママに手をにぎられたらどんな感じがするんだろう?

わたしはママの写真に話しかけて、ママの目はわたしをみる。わたしたちのこと、どこかからみえてる? アーミルはかしこい子だと思う? わたしもいつか人のまえで話せるようになる? たずねると、ママの目はいつも「うん」って答える。

ニーシャーより

＊

一九四七年七月二十一日

ママへ

ときどきカジがママの話をしてくれる。ママのこと話してってって、お願いすることはほとんどないんだけど。だって、話がなくなっちゃうかもしれないから。お楽しみにとっておきたい。きょうの午後は、カジのすりばちとすりこぎを使ってコリアンダーシードをひいた。まず力いっぱい種《たね》をくだいて、すりこぎをまわして粉にする。重たいすりこぎの下で種がくだけると、すぐにあったかい、せっけんみたいなかおりがする。カジは涙《なみだ》が出ないように木の棒《ぼう》を口にくわえてタマネギをきざんでた。

ママは料理好きだったのか、カジにたずねた。カジは首を横にふって、くわえていた棒を口からはずした。「キッチンにはまったく足をふみいれなかったよ。絵をかくのが好きだったな。家の裏にいって、ひたすらかいてた。食事の時間だよって呼びにいかなきゃいけないぐらいね。そんな人だった」カジはまた棒を口にくわえた。ママって、まるでアーミルみたい。食事はろくに味わいもしないで、いつも大いそぎでほんのちょっとしか食べない。すぐに席をたって、また絵をかいたり、近所の年上の男の子たちがクリケットをするのをみたりする。わたしはママみたいになりたいけど、食べもののことを忘れるなんて考えられない。カジはまた棒を口からはずした。

「料理が好きなのはパパのほうだよ。ニーシャーはパパに似たんだね」

どういうこと？　パパは自分のお茶すらいれないのに。

「ぼくがやとわれるまえは、パパがママのために料理してたんだよ。お客さんがくるときはママが料理したふりをしてたな。つめをターメリックで黄色くするために、わざわざカレーに指をつっこんだりしてね」

うそみたい。ひとつも想像できない。パパが料理してママがつくったふりをした？　パパとママがいっしょにそんなふりをしたの？　この家で？

「パパから聞いたんだよ」カジはわたしの心を読んでいった。そして青とうがらしの山にとりかかって、こまかくきざんでいく。

それでもまだ信じられなかった。ママだって料理が好きだったはず。ちょっとだけだとしても。

「どうしてパパはママがかいた絵をかざらないの？」大きな声ではたずねられない。ママがかいた絵は、書斎《しょさい》のすみにある木のゆりいすのうしろにパパがしまっている。わたしはときどきこっそりそれをみる。

カジは下をむいてまな板をみた。「絵をみたら悲しくなるんじゃないかな」

わたしはうなずいた。

「パパとママはとても勇気があったんだよ、知ってる？」カジはいう。「ふたりみたいなことをした人、ぼくはほかに知らない」

どういうこと？　わたしは耳をそばだてた。カジの声が低くなって、だいじなことをいおうとしてるのがわかる。

「パパとママの家族は結婚《けっこん》に大反対だったんだ。パパのむかしの同級生にヒンドゥー教の司祭《しさい》がいてね、こっそり結婚式をとりおこなってくれた。ふたりが最初にここへきたときも、みんなから仲間はずれにされた。ここではいろんな人がなかよく暮らしてるけど、結婚となるといつだって話はべつだからね」

カジはまたとうがらしを何本かきざんで、わたしはすりこぎをまわして押しつける。コリアンダーシードはもうぜんぶつぶれて粉になってたけど。

「ぼくは料理の仕事をさがしてたんだ。働《はたら》いてたレストランがつぶれちゃってね」カジはまた手をとめた。ナイフはきざんだとうがらしのうえでとまってる。「レストランや家にいくつかあたってみたんだけど、どこも人は足りてるみたいだった。せっぱつまって、だれもノックしたがらない家のドアをノックすることにしたんだ。パパはぼくをまねきいれて、アールーティッキーをつくらせた。ママの大好物だよ。パパはそれをママにさし出した。味見すると、ママの目がぱっとあかるくなった。そのとき以来ずっと、ぼくはここにいる。パパはとてもいいお医者さんだから、ミールプル・ハースの患者《かんじゃ》さんからすぐに尊敬《そんけい》されるようになって、ふたりはみんなに受けいれられた。ちょうど順調に暮らしはじめたところで亡《な》くなったんだよ、ママはね。ここにきてたった三年だった」カジは下をむいて、こほんとせき払《ばら》いした。

　わたしはカジの話を夢中で聞いた。ことばを頭のなかでくるくるおどらせて、きれいな音楽みたいになんどもなんども再生した。考えるのをやめられない。パパにママとのひみつがあったこと。カジがくるまえはパパが料理してたこと。みんなの反対をおしきって、ママとパパがひっそり結婚したこと。ねえママ、ママが生きてたらどんな感じだったんだろう？　カジが教えてくれることはぜんぶ、ほんとうならわたしの思い出でもあったはず。カジから聞いた話で、頭のなかがいっぱいになる。

ニーシャーより

*

一九四七年七月二十二日

ママへ

こんやはアーメド先生がきた。パパの病院の友だち。お医者さんはふたりだけなんだ。パパが検査《けんさ》と手術《しゅじゅつ》をたくさんやって、アーメド先生は女の人が赤ちゃんをうむ手助けをする。一か月にいちどくらいうちにくる。パパとふたりでパイプをふかして、夜おそくまでトランプをする。パパがパイプをふかすのはそのときだけ。たいてい大きな声で話してて、ときどき笑い声も聞こえてくる。パパがそんなふうに笑うのはアーメド先生といっしょのときだけ。でもこんやは、おばけみたいにひらひらする蚊帳《かや》のなかでベッドに寝ころがってても、笑い声は聞こえなかった。ふたりともひそひそ声で話してて、またあの名前が聞こえる。ガンディー、ジンナー、ネルー、マウントバッテン。ふたりが話してたのは、パンジャーブ州のひどいできごと、暴動《ぼうどう》、殺人のこと。

ダーディーとパパも、よく夜にひそひそ話をしている。キッチンで話してるから、なにをいってるのかはわからないけど、くぐもった声とか、スプーンがカップにあたる音とか、ダーディーがスリッパをパタパタいわせてパパのお茶をいれにいく音とかは聞こえる。

もうひとつ、ひみつにしていることがあるんだ、ママ。わたしはパパがうらやましい。パパにはお母さんがいるのに、わたしにはいないから。スリッパをパタパタいわせてお茶をいれてくれるママはいない。パパはわたしのことをうらやましいと思ってるのかな。パパのお父さんはずっとまえに死んじゃったから。

なにが起こってるんだろうって、アーミルにきょう聞いてみた。アーミルはカジに教えてもらったらしい。イギリスはインドを自由にするけれど、インドをふたつの国にわけるっていう話がある。イスラム教徒がいる場所と、ヒンドゥー教徒とシク教徒がいる場所は、べつべつじゃなきゃいけないんだって。そんなのおかしいよって、わたしはアーミルにいった。どうしてインドがいきなりふたつの国にならなきゃいけないの？

「どうしてかはわかんないけど、うそじゃないよ」アーミルはいう。

涙がこぼれないように、ぐっとがまんした。「カジと離《はな》ればなれになるなんてありえない。わたしたち家族でしょ。これからもいっしょにいるにきまってるよ」

「どうしてそんなことわかるの？」

「だってママは？　わたしたちだって半分はイスラム教徒でしょ」

「しいーっ！　そのことは話しちゃいけないんだよ」

〝しいーっ！〟なんていわれたのはじめてだから、わたしはにっこりしそうになった。でも笑わなかったし、アーミルのいったことはほんとうじゃない。話しちゃいけないなんて、だれにもいわれたことがない。話したければどうすればいいの、ママ？　どうしても話したいことが、それしかなかったら？

ニーシャーより

＊

一九四七年七月二十三日

ママへ
きょうはカジのことを考えながら目をさまして、朝食のにおいにさそわれてキッチンへいった。ドアのそばに立って、カジがプーリーを油であげるのをみていた。カジは振《ふ》りむいて、こっちこっちって手まねきする。そばへいくと、やわらかい生地のかたまりをわたされた。わたしはそれをぐいぐいこねる。大きく息をすって、はいて、そしてたずねた。もうすぐみんながふたつにわかれたら、カジとわたしたちは離ればなれにならなきゃいけないの？　カジはこっちをみてにっこり笑った。しゃがみこんでわたしの顔を両手でつつむ。手は油でべとべとで小麦粉まみれ。カジの目が大きくなってうるうるする。いまにも泣きだしそう。カジはいった。ニーシャーは娘《むすめ》みたいなものだから、ずっと心のなかでいっしょにいるよって。それから、生地をこねすぎたら油であげたときに石みたいにかちこちになっちゃうよっていった。わたしはなにもいわなかった。質問をするだけでエネルギーを使っちゃったから。ちゃんと答えてほしかった。つぎはいつたずねられるかわからない。
ニーシャーより

*

一九四七年七月二十四日
ママへ
まえは、名前やみた目や仕事で人のことを考えてた。サヒルは街角《まちかど》でパコーラーを売る人。いまサヒルをみるとシク教徒だって思う。担任《たんにん》のハビーブ先生は、いまはイスラム教徒の先生。元気でおしゃべりな友だちのサビーンは、いまはイスラム教徒の友だち。パパの友だちのアーメド先生は、いまはイスラム教徒のお医者さん。知りあいみんなのことを思いうかべて、それぞれヒンドゥー教徒か、イスラム教徒か、シク教徒か思いだそうとする。出ていかなきゃいけないのはだれで、ここに残れるのはだれか。

イギリスから自由になるのはいいことだってアーミルはいうけど、それってどういうこと？　どこにいたいか自分でえらべるのが自由じゃないの？　アーミルがかってにいってるだけかも。ときどきそういうことをするから。カジがおかしをくれるとか、パパがはやく帰ってくるとか、たまにうそをつくんだ。本人はおもしろいと思ってるみたい。

ダーディーにたずねたいけど、答えてくれないにきまってる。たいせつなことはなにも教えてくれない。あっちへいって家事や宿題をしなさいっていわれるだけ。だから考えがある。あしたははやおきして、病院へいくまえにパパをつかまえるつもり。日がのぼるまえからテーブルで待ってて、ちゃんと目をみて大きな声で話したら、パパはびっくりしてわたしの質問に答えなきゃいけなくなるはず。

ニーシャーより

＊

一九四七年七月二十五日

ママへ

きょうはいいことがひとつもなくて、ママに話せるこの日記帳があってほんとうによかった。寝ぼうして、起きたらパパはもうでかけてた。それにアーミルから聞いたんだけど、学校でヒンドゥー教徒の男子がイスラム教徒の男子をひどいことばで呼んだんだって。ここに書けないぐらいひどいことば。ふたりは大げんかして一週間の停学《ていがく》になったみたい。ふたりがケンカしてるとき、男子はみんなヒンドゥー教徒とイスラム教徒にわかれてそれぞれ応援《おうえん》してたらしい。なにもかわっていないはずなのに、いまはなにもかもがちがう。あちこちで感じるけど、どうことばにすればいいのかわからない。空気のどこかから聞こえるあたらしい音みたい。

追いかけられないように、アーミルとわたしはまたひみつの道をとおって学校へいった。きょうがはじめてじゃない。ママにはいいたくないけど、アーミルをいじめたがる子がたくさんいるんだ。アーミルはガリガリだし、腕《うで》に筋肉《きんにく》がほとんどないし、クリケットがへたくそだし、いつもすみっこでみんなの絵をかいてるから。アーミルのことを好きな男子もいるんだよ、すごくおもしろいからって。でも悪い子たちには好かれてない。ときどきアーミルはその子たちの絵をかく。モンスターみたいなひどいみた目にして、かいたあとは地面にほうっておいて人にふませる。よく追いかけられるけど、逃げ足がはやいからつかまらない。アーミルは女の子の絵をかくのも好きで、まつげをめちゃくちゃ長くして、とくべつかわいくする。お気にいりはチットラ。わたしが知ってるなかで、いちばん背が高くてかわいい子。アーミルは放課後《ほうかご》にチットラをみつけて、絵をわたして走って逃げる。チットラはもらった絵をいつもそこらへんにほうり出すけど、受けとるときはにっこりしてる。ポイってするまえにかならずみる。たぶん男子よりも女子のほうがアーミルのことを好きだと思う。

パパは夜おそくに帰ってきて、夕食をとらないで部屋にはいった。カジはじゃがいものパラーターとダールだけつくった。わたしはベッドにごろんとして、あしたの空気はどんな音がするだろうって考えてる。ねえママ、わたしのいちばんの願いごと、なにかわかる？　たった一日でいいから、ママといっしょにすごしたい。そうすれば、近くにいるママの肌《はだ》がどんなか、ママの声がどんなかわかるから。ママのにおいだってわかる。パパのにおいがわかるみたいに――パパはいつも病院のせっけん、たばこのけむり、ポケットにいれてるピスタチオのにおいがする。そうしたらこれを書くときにも、眠ろうとするときにも、ママのことを考えられる。

ニーシャーより

＊

一九四七年七月二十六日

ママへ

毎日ひみつの道をとおらなきゃってアーミルがいう。いまは通りを歩くのはあぶなすぎるからって。アーミルのせいだよってわたしはいった。だって、追いかけてくる男子たちのプンスカした顔の絵をたくさんかいてるから。アーミルは笑うだけ。アーミルが笑うのは、なにをいえばいいのかわからないとき。サトウキビをかきわけて歩くなんて、いやでたまらない。足も腕も傷だらけになるし。歩いているときは夕食のことをよく考える。カジはなにをつくるんだろうって。そうすれば気がまぎれるから。ときどきあたらしい料理も考える。ピスタチオをつぶしてバラのシロップと甘《あま》いチーズとまぜたら、どんな味になるだろう？　子ひつじの肉、トマト、クリーム、アプリコットのシチューってどう？　あついギーにいれてじりじり音をたてるニンニクとショウガのにおいや、指のあいだをとおって落ちるお米の感触《かんしょく》を思いうかべる。

学校の子たちにママのことを正直に話したら友だちになれるかもってアーミルにいった。ママがイスラム教徒だっていう話、いまなら悪いことじゃないんじゃない？　わたしたちもここにいられて、出ていかなくてすむかも。

「ニーシャー、なにバカなこといってるんだよ。やっぱりニーシャーはずっと口を閉じといたほうがいいんじゃない？」アーミルはいった。

ママは聞きたくないかも。わたしはアーミルのつま先につばをはいて、走ってまた大通りに出て、うちまでずっとひとりで歩いた。すごくこわかったから息をこらして。アーミルのことがきらいな男子たちが道の反対側にいたけど、だれも追いかけてこなかった。それでわかった。あの子たちに追いかけられるのは、アーミルとアーミルのバカみたいな絵とアーミルのおしゃべりのせいだって。あの子たちはわたしに怒ってるんじゃない。ひとりでいるほうが安全だよ。

ニーシャーより

＊

一九四七年七月二十八日
ママへ
ほんとうにごめんなさい。きのうは日記を書けなくて、話のつづきをつたえられなかった。なべのなかのダールみたいにぐつぐつあつくなった気持ちを落ちつかせて、味がわかるまで冷まさなきゃいけなかったから。
アーミルとわかれたあと、わたしが先に帰ってきてキッチンへいった。いすにすわって、カジが野菜を切ったりスパイスをひいたりするのをみてた。オクラをきざんでってたのまれたけど、わたしはオクラがだいきらい。好きっていう人の気がしれない。火をとおしたら泥みたいなにおいがするし。いやだって首をふった。こんどはコショウをひいてってたのまれた。またいやだって首をふった。カジは肩をすくめてチャパティをくれた。わたしはそれをもぐもぐ食べてだまってた。アーミルにいわれたみたいに。アーミルのいうとおりかも。口を閉じてたほうがいいのかも。一時間たってもアーミルは帰ってこない。あの子たちにみつかってなぐられて、地面にたおれたままほうっておかれてるんじゃない？　息がはやくなる。けがをしててひとりぼっちで、血を流してたらどうしよう？　わたしのせいだったら？
じわっと汗が出てくる。口をあけて、閉じて、またあけて、ゆっくりことばが出てきた。カジに話した。男子たちのこと、アーミルの絵のこと、ひみつの道のこと、きょうはべつべつに帰ってきたこと。アーミルにいわれたことは話さなかった。
カジはすりばちとすりこぎをおいて、エプロンをはずした。

「話してくれてよかったよ、ニーシャー」カジはわたしの手をぎゅっとにぎって、ひみつの道につれていってほしいっていった。

ダーディーには市場《いちば》へいくってつたえたけど、たぶんあやしまれたと思う。カジと市場にいくことなんてないから。でも返事を聞くまえに家を出た。舗装《ほそう》されてない道を歩いて、サトウキビのあいだをぬけて学校までいったけど、アーミルはいない。

カジはパパに話さなきゃっていう。わたしはいやだって首をぶんぶんふって、涙が出ないようにくちびるをかんだ。でもとめられない。涙が鼻とほっぺをつたって地面に落ちる。カジに手をひかれて病院へむかった。

建物《たてもの》のなかにはいった。病院にいくのは好きじゃない。まずにおいがする。きれいなにおいと汚いにおいがぜんぶいっしょにおそってくる——消毒用《しょうどくよう》アルコール、花、ゲロ、おしっこ。なにもかもが白か茶色。外は茶色いレンガで、なかはうす茶色のセメントの床《ゆか》と白い壁《かべ》。ベッドには白いシーツがかかっている。病気の人やおじいさんやおばあさんがベッドでうんうんうなったり、看護師《かんごし》さんのそでをつかんだりしてるのをみるのはいやでたまらない。もっといやなのは、わたしとおなじぐらいの年の女の子をみること。ガリガリで肌《はだ》が黄色くて目がぼんやりしてて、お母さんによりかかって診察《しんさつ》を待っている。どうしてその子はそこにいて、わたしはここで走ったり笑ったり食べたりできるの？　アーミルは病院にいるのが好き。走りまわって、おばあちゃんの患者《かんじゃ》さんみんなに花をあげる。わたしみたいに病気の人をこわがったりしない。

看護師さんがひとりこっちにきた。パパを呼んでほしいってカジがたのむ。ろうかで待ってたらパパが出てきた。腕をくんでわたしをみて、それからやっと口をひらいた。

「どうしてここへきたんだ、ニーシャー?」

「アーミルが」小さな声でわたしはいった。近くで看護師さんがシーツをたたんでる。

「聞こえないぞ、ニーシャー」パパはまゆをぎゅっとよせる。いつも怒《おこ》るまえにするみたいに。

「アーミルがいなくなったの」できるだけ大きな声でいって、自分の足をじっとみた。

「なるほど」パパはいった。「聞いた話とちがうな。アーミル!」

パパがアーミルの名前を呼ぶから、わたしはびっくりして飛びあがった。よたよたと松葉《まつば》づえをつきながら、アーミルがゆっくり病室から出てきた。足に包帯《ほうたい》をまいている。わたしはアーミルにかけよってハグした。アーミルはハグしてくれない。

「なぐられたの?」アーミルの耳に口を近づけて小声でたずねた。

「なぐられたって、だれにだ?」パパがいう。

アーミルとわたしは目と目をみあわせた。アーミルはパパになんて話したんだろう。

「なぐられてなんかないよ!」アーミルは大声でいって泣きだした。

「相手はだれだ?」パパは強い口調でたずねた。

「イスラム教徒の男子たち」泣きじゃくりながらアーミルは答える。

「泣くんじゃない」パパはうんざりした調子でいう。パパはわたしたちが泣くのをいやがる。わたしがおぼえているかぎり、わたしたちが泣いたらパパは怒るかどこかへいってしまう。

カジのほうをみたら、もういなかった。帰っちゃったの? まばたきしてたしかめたけど、やっぱりいない。

「なぐられたんじゃなくて逃げたんだよ」アーミルは手の甲で目をごしごしこする。大きく息をすって胸をぴんとはった。「あいつらよりはやかった。いつだってあいつらよりはやいんだから」

「ということは、まえにも追いかけられたことがあるんだな」パパがいう。

アーミルはうなずいた。

「ニーシャー、ほんとうか?」

「うん、パパ」

「なにか怒らせるようなことでもしているのか?」

アーミルの顔が赤くなる。「してないよ、パパ」

してないとはいえないけど、パパには話さなかった。今回はいままでとちがう。追いかけられて石を投げられた。まえは男子がよくやるバカなことをしてただけだけど、いまはぜんぶにふしぎな怒りが感じられる。なにが起こってるのかわからないよ、ママ。ママが説明してくれたらいいのに。ほんとうに知りたいことを人にたずねるのが、どんどんこわくなる。

ニーシャーより

＊

一九四七年七月二十九日

ママへ

きのうの夜、眠ってからなん時間かたったころにアーミルに起こされた。わたしの蚊帳《かや》のはしをあげて、ベッドのとなりにもぐりこんでくる。からだはあったかいけどシルクみたいにさらさらで、わたしみたいに汗でべとべとしていない。

「どんな感じだったか知りたい？」アーミルはたずねた。空の低いところで満月がきらきらしてて、銀色の太陽みたいな光が窓からさしこんでくる。アーミルはサソリにさされて大きくはれた足を空中にかかげた。わたしはうなずいて、眠けをふりはらおうとする。

「あいつらから逃げて裏通《うらどお》りを走ってたら、サンダルが脱《ぬ》げちゃったんだ。そうしたら足首にサソリがいて。ふるい落とそうとしたらさされちゃった。からだ全体に電気ショックがつたわってくみたいな感じでさ。死ぬと思ったけど、なぜかこわくなかった」

「痛かった？」

「あとからね、はれだしてから」アーミルは足をそっとおろした。

わたしはアーミルのほうをむいた。「おきざりにしてごめんね。あの子たち、ほんとうになぐってくると思う？」

アーミルは肩をすくめた。「こっちはいつだって逃げるだけだよ。足がよくなるまでパパが学校を休ませてくれるといいんだけど」

わたしはうなずいて心のなかで約束した。走れるようになるまでアーミルが学校を休めるように、パパをなんとか説得《せっとく》するって。

「もうぜったいにあんなふうにわたしから離《はな》れないでね」わたしはアーミルに背をむけて壁のほ

うをむいた。
「どこにもいかないよ」アーミルはいって、わたしの蚊帳のなかでふたりで眠った。むかしはいつもこんなふうに寝てたんだけど、八歳になったとき、それぞれ自分のベッドで寝なさいってパパにいわれた。でもいやな夢をみたり、たとえばサソリにさされて足がはれてたりしたら、パパのいうことはきかない。朝に自分のベッドにさっともどってバレないようにする。ママがいたらちがうルールになってたのかなって、ときどき思う。

ニーシャーより

＊

一九四七年七月三十日
ママへ
　きょうは朝食のときパパもテーブルにいた。平日にパパといっしょに朝ごはんを食べたのなんて、いつぶりだろう。みんなだまってチャパティとダールを食べた。わたしは牛乳をひと口飲む。パパはお茶をひと口飲む。それからダーディーが飲んで、アーミルがずるずる大きな音をたてて飲む。みんなでおかしな音楽をつくってた。笑いだしそうになるのをがまんしなきゃいけなかった。
　食事が終わると、カジがお皿をかたづけてキッチンへもどった。パパがせき払いして、大きな音が部屋じゅうにひびく。そしてパパはいった。「学校へはしばらくいかなくていい。あぶないからな。ダーディーと父さんが授業《じゅぎょう》をする」

信じられない！　ダーディーはたまに新聞を読むだけで本なんて読まないし、パパはぜんぜん家にいない。どうしたら授業なんてできるの？　でもパパはたしかにそういった。それを聞くとアーミルはいきおいよく立ちあがって笑い声をあげた。はれた足を自分でふんづけて、ギャッて悲鳴をあげてすぐにすわった。パパのくちびるのはしから、ほんのすこし笑みがこぼれた気がする。パパは両手をこすりあわせた。席をたっていすを押しのけるまえのいつものしぐさ。まだいっちゃだめ。ちゃんとした説明を聞いてない。学校にいかなくていい理由は、アーミルが追いかけられるってことだけ？

思いっきり息をすって、聞きかえされないように大きな声ではっきりいった。

「どうして？」

「どうしてって、なにがだ？」パパは立ちあがろうとしてる。

ことばがつまって出てこない。口をぎゅっと閉じる。胸がドキドキしはじめる。また大きく息をすった。パパはもう立ちあがってわたしをみおろして待っている。がんばって話をつづけなきゃ。だまっていたい気持ちより、知りたい気持ちのほうが強かった。「どうしてあぶないの？イギリスがいなくなるから？」ことばが出ると、からだの力がすこしぬけた。

パパはまた腰をおろした。ちょっとあごをなでてから話しはじめる。「もうすぐインドはイギリスの支配から独立する。それはいいことだ。イギリスは二百年近くもインドを支配してきて、われわれは自分の国にいながら二流の市民のようにあつかわれてきたんだからな。だがどうやらこの国は丸太のように半分に割られてしまうらしい」パパはそういって空中に線をひいた。「このミルプール・ハースはインドではなくなる。パキスタンというあたらしい国に組みこまれる」

アーミルとわたしは顔をみあわせた。アーミルは「パキスタン」って声に出す。

パパは話をつづけた。「ムスリム連盟《れんめい》の指導者《しどうしゃ》ジンナーは、イスラム教徒の声がきちんと政治に反映《はんえい》される場所をほしがっている。インド国民会議の指導者ネルーは、インド最初の首相《しゅしょう》になりたがっている。ガンディーはみんながいっしょのままでいることを望んでいて、父さんもおなじ意見だが、ガンディーのような人はほとんどいない。国民をふたつにわけてしまうと、みんなどちらかの側《がわ》について対立する。いまは混乱《こんらん》や不安がうずまいているんだ。おまえたちには、あぶない目にあってほしくない」

わたしはうなずいたけど、パパの話がぜんぶわかったわけじゃない。リーダーたちがひとつになれないからって、みんながつらい思いをしなきゃいけないの？　だれの話だったらみんな聞くわけ？　ガンディーのことを思いうかべた。新聞でなんども写真をみたことがある。ガリガリで、ドーティーとめがねのほかはなにも身につけてない。えらい人だってパパはいう。インドはいろんな宗教の人が平和に暮らせる場所だと信じてるんだって。みんながつまらないケンカをして、そのせいでいやな気持ちになっても、ガンディーはどなりつけたりケンカにくわわったりはしない。また平和になるまで、ものを食べるのをやめる。ガンディーの話を聞く人がたくさんいるってパパはいう。でもみんなじゃないんだと思う。

九歳のとき、ガンディーをみるためにパパにつれられて夜行列車《やこうれっしゃ》でボンベイにいった。アーミルは列車をすごくいやがった。アーミルが飛びはねたり知らない人に話しかけたりしないように、ダーディーとわたしがずっと歌やカードゲームやおやつでアーミルの気をまぎらわせた。パパは新聞と本を読むだけ。なん時間もかけてやっとたどりついた場所は、人でいっぱいだった。いろんな村から何千もの人がきていて、ガンディーはほんのちょっとしかみえなかった。白いドーティーを着て手をふってるのを遠くでみただけ。ほんとうにみたのかな、みた気になっただけかも。ガンディーが問題を解決してくれるの？　ほんとうにわたしたちは出ていかなきゃいけないの？アーミルが口をあけてなにかいおうとしたけど、パパが手をあげてとめた。
「質問には答えたはずだ」パパはまた手をこすりあわせて立ちあがって、病院へ出かけていった。そのままテーブルにいなさいっていってダーディーにいわれて、そろばんでかんたんな足し算の問題をいくつかやった。そのうちダーディーがいつもみたいに口のなかでへんな音をたてはじめて、わたしたちは追いはらわれた。学校へいけないって考えると、悲しくてからだがずんと重たくなる。学校が恋しくなるだろうな。おしゃべりはしたくないけど、いろんな人がまわりにいるのは好き。やることが目のまえにあっていそがしくしてるのも好き。よけいなこと考えなくていいから。わからないことを考えるのは好きじゃない。

ニーシャーより

＊

一九四七年七月三十一日

ママへ
カジのようすがおかしい。きのうはレンズ豆よりわけたり、豆を水にひたしたりさせてくれたのに、コショウをひいてもいいかたずねたら、またくしゃみがとまらなくなるだろうし、学校へいってないんだからもっと本を読むのに時間を使わなきゃだって。

学校がないと一日がすごく長い。日曜日みたい。いつもなら日曜日はうれしいけど、いまは時間がありすぎて自由にうんざりしてる。ダーディーにアルファベットを十回書かされたあと、アーミルとわたしは外へ出た。アルファベットなんて六歳のときから書いてるのに。でもアーミルにはむずかしい。アーミルにいわせると、字は虫とか風にゆれる草みたいなんだって。ひらべったくない。アーミルの頭のなかでは動きまわる。だからそのときにみえたものを書くらしい。アーミルの字は一列にならんでない。紙のあちこちに書いてて、正しいのもあれば、上と下がひっくりかえってるのもあるし、一部分だけのもあれば、反対むきのもある。それに、とぐろをまいたヘビとか、おなかをすかせたサソリとかで字にかざりをつけてる。こんなにきれいなのみたことないけど、ダーディーがみにくると舌《した》うちする。

だからママも絵をかくのが好きだったんだよね。アーミルみたいに、ほかの人にみえないものがみえたから。わたしもそんなだったらよかったのに。わたしには目のまえにあるものがそのまみえる。ときどきはっきりみえすぎて目が痛くなる。

ニーシャーより

＊

一九四七年八月一日

ママへ

きょうやったこと。朝起きてチャパティとヨーグルトを食べて、ダーディーを手伝ってリネンのナプキンを折った。それからアルファベットの練習をさせられた。アルファベットなんて寝ながらでも逆の順番で百回書けるよっていったら、手をぴしゃりとたたかれて、アーミルと遊んでおいでっていわれた。アーミルはみあたらない。でもそんなことはどうだっていい。ダーディーといっしょにテーブルにいるのはうんざりだったから。

アーミルは菜園《さいえん》のキュウリにかこまれてすわっていた。数をかぞえたら、あたらしいのが二十七本もあるんだって。一本ずつ食べた。しゃきしゃきしてて、太陽のせいでちょっとあたたかくて甘かった。残りは二十五本。

食べていると、アーミルがキュウリをかむ音が聞こえる。人がものをかむ音はだいきらいだし、とくにしゃきしゃきしたものを食べる音はいや。舌がくちゃくちゃいう音もいやでたまらない。最悪なのは飲みこむ音。ぐちゃぐちゃの食べものがゆっくり、ねっとりのどをおりていくのを思いうかべて、叫び声をあげたくなる。アーミルの音が聞こえないように、こっちはもっと大きな音をたててかんだ。とてもあつかったから、そのあと家で昼寝した。すこししたらダーディーに起こされて、掃《は》きそうじをしなさいって。アーミルはいやだっていって、ダーディーが呼びとめるまもなく外へ走っていった。たぶん菜園の物置《ものおき》小屋《ごや》にかくれて、やわらかい木の壁に石で絵をきざみつけるんだと思う。出ていくことになったら、わたしたちの物語を壁に残していくんだっていってたから。出ていくなんてありえないってずっと思ってたけど、いまはわからない。知らない子がアーミルの絵をみつけて、なんだろうってふしぎに思うところを想像する。

　ときどきわたしも小屋へいって、アーミルがかき足したものをみる。聴診器《ちょうしんき》をつけたパパがいて、カジがなべの中身をかきまぜてる。ダーディーがぬいものをしている絵もある。わたしとアーミルが菜園にすわってる絵も。ぜんぶシンプルでおおざっぱ。アーミルがわたしをみあげてる絵もあって、わたしのほうがずっと大きくみえる。アーミル、ほんとうに自分がそんなに小さいって感じてるのかな。わたしが絵をかけたら、アーミルのことは長い枝みたいにかくと思う。背が高くて細いけど、ぽっきり折れちゃいそうな感じで。自分のことは、小さくてちぢこまってて、かげにかくれてるみたいにかく。

　掃きそうじはきらいじゃない。〝さっ、さっ〟っていう気持ちのいい音が好き。そうじのあとはキッチンへいっていすにすわって、カジが食べものをかきまぜたりきざんだりするのをみた。くんくんにおいをかぐ。コリアンダー。ニンニク。ほうれん草。ボウルで水にひたしたひよこ豆のつんとしたにおい。おなかがすいたから、窓台《まどだい》にのっかってたラディッシュをいくつかとった。それを切ってとうがらしの粉とレモン汁をかけて、ひとかけずつ口にほうりこむ。すっぱいヒリヒリを楽しむ。

　おやつを食べおわって立ちあがると、よりわけるレンズ豆がはいった容器をカジがうつむいたままこっちに押してくる。

「わたしに怒ってるの、カジ?」小さな声でわたしはいった。大声をあげるより、小さな声のほうがよく聞いてもらえるってわかったから。

カジは顔をあげて、ちょっとのあいだこっちをみつめた。そしてやさしい顔になった。

「ちがうちがう。ニーシャーみたいないい子に怒るなんてありえないよ。世界に怒ってるだけ」

どうしてかたずねたかったけど、答えを聞いたらおなかが痛くなりそうだった。だからだまってレンズ豆をしらべて、小石や砂がまじってないのを確認して水ですすいだ。ぴかぴかのやつをひとつそっと口にいれたけど、歯が欠けそうになった。

晩ごはんは、わたしの大好物のほうれん草カレー〝サイバージー〟とプーリーで、きれいにたいらげた。カジはわたしの好みにあわせてつくってくれたんだと思う。デザートにグラーブ・ジャンムーまでつくってくれて、まるでパーティーみたい。

パーティーをひらいてたころを思いだす。パパが兄弟を呼んで、おばさんといとこたちもいっしょにくる。近所の人たちもきて、パパはベランダでほかの男の人たちと葉巻《はまき》やパイプをふかす。女の人たちはいちばんひろい部屋でお茶を飲んで、サモサとケバブをつまむ。そのあとはみんなですごいごちそうを食べる。マトンビリヤニ、ダール、カレー、プーリー、パラーター、パコーラー。お肉を食べるのはパーティーのときぐらい。こってりした味がして、口のなかがよだれでいっぱいになる。

ごちそうのあとはパパがレコードをかけて、子どもはみんな外でクリケットをする。くたくたになったら家にもどって床に寝ころがる。だれかに甘いおかしを口にいれられて、ベッドへいきなさいっていわれる。音と笑い声がたくさん聞こえるから、気づいたら夜おそくにいとこたちに話しかけている。わたしの声がみんなの声のなかにすべりこむ。かくれているわたし、いつもはひっこんでいるわたしが顔をのぞかせる。

アーミルとわたしがすこし大きくなると、パパはパーティーをひらきたがらなくなった。どうしてだろう。むかしのパパはもっと楽しそうだった。アーミルとわたしがむかしはもっと楽しかったのかも。どっちかわからない。

こんやはパーティーをしてるのを思いうかべながらグラーブ・ジャンムーを食べた。できるだけ長く口に残しておきたい。バラのシロップが舌をくすぐる。食事のあとはアーミルをさそってチェスをしてからベッドにはいった。

おやすみのキスをしにきたとき、パパのくちびるはバラのシロップのにおいがした。パパもグラーブ・ジャンムーが好き。わたしはごろんとからだのむきをかえて、パパの耳にささやいた。「いつ学校にもどれるの、パパ？」アーミルはベッドにすわってパパをみている。でもパパはわたしの頭をぽんぽんしただけで部屋を出ていった。めったにしゃべらないんだから、たまに質問したときぐらい答えてくれてもいいのに。わたしの質問はもっとだいじにしてくれなきゃ。アーミルみたいに五秒ごとに質問するわけじゃないんだから。でもパパはアーミルの質問にもあまり答えない。

ニーシャーより

＊

一九四七年八月二日

ママへ

きょうアーミルとチェスをしてたら、外で人が叫《さけ》んでるのが聞こえた。すごく遠くの声だったから、はじめは気にしてなかった。アーミルは文をひとつ書くのすらあやしいのに、チェスはとてもじょうずでふしぎ。アーミルがすごくかしこいってこと、そこからもわかるよね。いつもアーミルが勝つんだけど、それでもわたしは挑戦《ちょうせん》するのが好き。いつかわたしも勝てると思う。あとすこしなんだ。アーミルは勝ってばかりで申しわけなさそう。いつも最後は「ごめん、チェックメイト」っていうから。へいきだよってわたしはいう。アーミルがチェスと絵がじょうずなのはうれしい。学校の勉強はわたしのほうがずっとよくできるから。アーミルは六歳のときにパパからチェスを教えてもらって、パパがいそがしくなって相手をしてもらえなくなると、わたしにやりかたを教えてくれた。パパはアーミルが勝つようになって気にいらなかったんだと思う。

チェスをしてたら、叫び声がどんどん大きくなってきた。なにをいってるのかは、やっぱり聞きとれない。窓まで走っていって外をみると、たいまつをもった男の人たちが丘《おか》をのぼってくる。ぬいものをしてたダーディーが立ちあがって、わたしたちは窓からひきはなされてキッチンへつれていかれて、パントリーに押しこまれた。そばにはお米がはいった大きな缶があって、目のまえの棚《たな》においてあるシナモン・スティックのにおいがする。カジは一日の仕事が終わって自分の小屋にもどってた。ダーディーはだまってじっとしてなさいってささやいてから走って出ていって、いちばん大きな部屋のランプを消した。そのあとパントリーにもどってきて、ぜいぜい息をしながらわたしたちをすみにひきよせた。古いテーブルクロスをわたしたちにかけて、お祈《いの》りをはじめる。アーミルとわたしはうずくまっていて、ダーディーはからだを前後にゆらしながら、ひそひそ声でブラフマー神、ビシュヌ神、シヴァ神にお祈りする。

だれかが玄関《げんかん》のドアをバンバンたたいた。暗やみのなかでわたしはアーミルの手をさがして、アーミルはわたしの手をぎゅっとにぎる。アーミルの手はつめたくて、魚みたいにじとっとしてる。またドアがたたかれる。バンって音をたててひらいて、人が家のなかを歩きまわるのが聞こえた。いろんなものがたおされるのも。ボウル、ランプ、テーブル。アーミルの手がもっとつめたくなったけど、わたしはずっとにぎったままはなさなかった。

しばらくすると音がしなくなった。そのあとも長いあいだそのままでいた。わたしたちを呼ぶカジの声が聞こえて、わたしはふうーっと息をはいた。ずっと息をとめてたみたいな気分。パントリーのすみから外に出た。カジは目がぎらぎらしてて、顔から血がぽたぽた落ちている。わたしは吐《は》きそうになって、壁に手をあててなんとか自分をささえた。ダーディーがすぐにキッチンからきれいなタオルをもってきて、すわったカジの頭にしっかりとまく。ダーディーがこんなにすばやく動くの、はじめてみた。わたしに負けないぐらいカジのことを愛してるんだと思う。

アーミルとわたしは、何本かのろうそくと、こわされなかったランプにあかりをつけた。たおれたいすとテーブルを起こして、こわれたランプのガラスの破片《はへん》をかたづけて、本を棚にもどす。

カジのお気にいりの焼きもののボウルも、キッチンの床でこなごなになっている。きざんだ野菜をいれたり、生地《きじ》をこねたりするのにいつも使ってた大きなボウル。カジのいすのそばにひざまずいて、大きな破片をみせた。手がふるえる。

「へいきだよ、ニーシャー」わたしの腕をそっとたたいてカジはいった。「また買えばいいんだから」わたしはうなずいてカジに背中をむけた。破片を掃きあつめているあいだに涙をみられたくなかったから。小さなかけらをひとつポケットにすべりこませた。

かたづけが終わったあとはみんなテーブルのまえにすわったけど、ほとんど無言だった。だれもベッドにもいかない。ダーディーはカジの頭をなんどもしらべたけど、血はとまってた。やっとパパが帰ってきた。キッチンのテーブルにいるみんなをじっとみて、目をぱちくりさせる。まぼろしでもみてるみたいに。パパが口をひらかないうちに、ダーディーがきょうのできごとを話した。

パパは真剣な顔でうなずいた。目がぼうっとしてて、つかれてるみたい。カジのところへ歩いていって頭をしらべた。

「ぬわなければ」落ちついた声でパパはいった。「アーミル、往診用《おうしんよう》のかばんをとってきてくれ」

アーミルがかばんをもってくると、パパはアルコールでカジの傷を消毒しはじめた。カジは顔をしかめて息をすいこむ。アーミルとわたしは口をぽかんとあけてみていた。パパは皮膚《ひふ》をまひさせる薬をカジに注射して、黒くて太い糸を針《はり》につけて傷口をぬっていく。針がささると、わたしはおなかがびくっとする。もうみてられない。でもアーミルは近づいていって、パパが説明をはじめる。アーミルは胸をふくらませて、ほこらしげにうなずいて、ひとこともらさず耳をかたむける。アーミルはパパがお医者さんの仕事をしてるところをみるのが大好きだけど、わたしは血と針がだいきらい。カジの傷とおなじところがずきずきして、わたしはおでこをさすった。

「ニーシャーとアーミルはもう寝る時間だぞ」手あてが終わるとパパはいって、大きないすにすわった。「父さんはダーディーと話しあわなければいけない」ダーディーがきて自分のいすにすわる。

「でもなにがあったの？」頭をかきむしりながらアーミルが大声をあげた。「だれがカジを傷つけたの？　ぼくらがみつかってたら？　みんな死んでたの？　あの人たちはパパをねらってるの？」

パパは目を細くしてアーミルをみた。「ねらっている？　父さんがなにをしたというんだ？　みんながおかしくなっている。それだけの話だよ。本来ならば歴史《れきし》のすばらしい瞬間《しゅんかん》のはずなんだ。インドはもうすぐ自由な国になる。それなのに、みんなはなにをしているんだ？　なにをしているんだ？」パパは首をふって話すのをやめた。そして目をこする。ダーディーがそばへいってパパの肩に手をおいた。

「知っている世界がべつのなにかにかわってしまうことがある。いまはこれがわれわれの運命《うんめい》なんだ」まだ目をこすりながらパパはいった。

ダーディーはパパのそばにいて、いつもより大きな声でわたしたちにいった。「でも心配はいらないよ。いつだってまもってあげるからね」

アーミルとわたしはうなずいた。パントリーにいるのをみつかってたら、どうなってたんだろう？　こんな心配したことなかった。ただただ自分は安全だと思いこんでた。

「そうだ、もちろんだとも」パパはいって顔をあげる。表情がやわらかくなってる。「なんとかするさ」そしてわたしたちを出ていかせた。

アーミルとわたしは、アーミルのベッドにあぐらをかいてむかいあってた。こわすぎて眠れない。こわいとわくわくするときもあるけど、そうじゃないのはわかってた。

「わたしたちの運命って？」アーミルにたずねた。「パパ、なんの話をしてるんだろう？」

「たぶん、そのうちみんながケンカをはじめるってことじゃないかな」

「ときどきアーミルとわたしもケンカするけど、なかなおりするよね」期待《きたい》をこめてわたしはいった。

「それは家族だからだよ。ぼくらにはおたがいしかいないでしょ」

わたしはベッドカバーのほつれた糸をひっぱった。

アーミルが話をつづける。「うちにきたのはイスラム教徒だと思う？　それともヒンドゥー教徒？」

「わからない」わたしはいった。

「もしイスラム教徒だったら、どうしてカジを傷つけるんだろう。そもそもぼくらはどっちの味方なの？」

「どっちかの味方じゃなきゃいけないの？」

「そのほうが安全だと思う。そうすれば敵がだれかわかるでしょ」アーミルは胸のまえでぎゅっと腕をくんだ。

「でもどっちの味方もしなかったら、敵もいなくなるよね」

「そうはいかないと思う」

「ガンディーはわたしに賛成するはずだよ。それに敵と味方っていうんなら、敵はイギリスで、わたしたちはみんな味方のはずでしょ。どうしておたがいにケンカしてるの？」

アーミルは首をかしげて考えた。うちにきたのがだれなのか、わたしも知りたかったけど、答えがわかったとしても、やっぱりなにがなんだかわからない。

わたし、アーミル、パパ、ダーディー、カジ。それだけ。ぜったいに味方だってわかるのはそれで全員。いまは世界がとても小さくみえる。ママすらいないんだよ。この日記を書くことでママを感じようとしてるけど、聞いてくれてるのかもわからない。聞いてるよって、合図してくれればいいのに。

ニーシャーより

＊

一九四七年八月三日
ママへ
けさ起きたら、カジがキッチンで生地をこねていた。すこしわけてくれたから、わたしも生地に指をしずめた。カジはまだ包帯をまいている。わたしは生地をまるめて、またひらべったくして、うすっぺらい円のかたちにする。カジは鼻歌をうたっていた。

「カジ」わたしはできるかぎりの力をこめてささやいた。「どうしてこんなことが起こってるの？　もう十二歳なんだから、ぜんぶ教えてもらってもいいと思う」

カジはわたしをみた。表情がすっかりかわって、口がニカってしてる。黄色い歯がぜんぶみえそうなぐらい。「ぼくはニーシャーの四倍も年をとってるけど、なにもわかってない気がするな」

わたしは生地をカウンターにおいて、頭のなかの声が聞こえなくなるまでパンチして、たたきつけて、またパンチした。カジに手をつかまれてひねられた。「やめなよ、ニーシャー。けがしちゃうよ」

わたしは走ってキッチンを出て、自分の部屋のすみっこでひざをかかえてまるくなった。カジにきてもらいたかった。ずっと待ってた。きてくれたら、わたしのことを愛してくれてるってことだから。でもカジはきてくれなくて、わたしは朝ごはんのときまで泣いていた。

テーブルにいくとカジはいなかった。パパがいて、アーミルがいて、ダーディーがいた。パパは目のまえの食べものをじっとみている。だれもしゃべっちゃいけないってこと。みんなもくもくと食べて、わたしは自分のお皿をキッチンへもっていった。あとでアーミルと外へ出ると、カジが菜園で野菜をつんでいる。わたしはアーミルの手をつかんで家の裏《うら》にひっぱっていって、どうしてカジはなにも教えてくれないんだろうってたずねた。

「カジをなぐったのがだれなのか、どうしてなのか知りたいだけなのに」

「近くでイスラム教徒の家がいくつか燃《も》やされたって聞いた。その仕返しのつもりかも」アーミルはしゃがみこんで草をひきちぎる。

「みんなで家を燃やしっこするわけ？」

「わかんないよ」アーミルは手をふりあげて草をほうり投げた。草がゆらゆら地面に落ちていく。

感じたことのない怒《いか》りが、胸にどっと押しよせてきた。頭のおかしな人がみんなきて、なにもかも燃やせばいい。菜園も病院もママの写真も燃やしちゃえばいい。はじめからなかったみたいに。わたしたちは、どこかあたらしいところで一からやりなおす。みんながしあわせなところで。いろんな人がいろんな宗教《しゅうきょう》を信じているところ。パパがずっと家を留守にしなくていい場所。ダーディーがもっともの知りで、歯でへんな音をたてない場所。わたしが安心して学校へいけて、いつでも好きなときにキッチンでカジとおいしいものをつくれる場所。ママが生きていて、学校まで手をつないで送ってくれる場所。ママがイスラム教徒でパパがヒンドゥー教徒だってことをだれも気にしなくて、アーミルとわたしがパパとママの信じることをどっちも心のなかでたいせつにできる場所。アーミルに文字がちゃんとみえて、わたしが人のまえで気楽に話せて、ほんとうの友だちをつくれる場所。ぜんぶ燃えて灰《はい》になったって悲しくない。わたしたちはそのあたらしい場所にいくんだから。

ニーシャーより

＊

一九四七年八月四日
ママへ
いまは真夜中。目がさめて眠れない。ママが生きている夢《ゆめ》をみたよ。部屋にはいってきて、ベッドでわたしのとなりに横たわった。ほんとうにそこにいるみたい。長い髪《かみ》をおろしてて、エメラルドとゴールドのサルワール・カミーズを着ている。そっと手でふれるとにっこり笑った。ママのお気にいりの星につれていってくれるっていう。ほんとうにそこへいけて、星のうえから世界をみまもることができるんだって。ママにかかえられて空にのぼって、あかるい光のほうにむかった。でもわたしにはなにもみえなくて、ママはいなくなった。光のなか、わたしはひとりきりで泳いでた。そこで目がさめた。汗びっしょりで頭のなかがこんがらがって。ママ、ママはこうやって訪《たず》ねてきてくれたんだよね？　すごくうれしい。だって、いまはママが話を聞いてくれてるってわかるから。

ニーシャーより

＊

一九四七年八月五日
ママへ
きょうはとびきりおかしな日だった。カジがパントリーのなかのものをぜんぶ出した。容器にはいったレンズ豆、乾燥豆《かんそうまめ》、お米、小麦粉、スパイス。料理《りょうり》の道具となべとボウルもぜんぶ。水と酢《す》にひたしたぼろきれでカウンターをふいて、出してきたものをならべて、いつでももちだせるようにした。わたしたち、ここから出ていくってこと？　そう考えると頭がくらくらした。

パパははやく帰ってきた。わたしたちとかわりばんこにチェスをして、アーミルが勝っても怒ってないみたいだった。そのあとはずっとマハーバーラタのお話を読んでくれた。声がいつもとちがって、高くて悲しそうだった。ゆっくり読んで、とめなきゃいけないピリオドのところでもとめなかった。

「パパ、どうしたんだろう？」パパが部屋を出ていったあとにアーミルがいった。わたしはベッドに寝ころがって、長くてうねうねした天井《てんじょう》のひびに目をむけた。人さし指を立てて、そのひびを空中でたどる。パパがお話を読んでくれるなんて、これまでいちどもなかった。それだけじゃない。学校の先生がみんなのまえで教科書を読むほかは、だれもわたしに本を読んでくれたことなんてない。ダーディーは、わたしたちが小さいころには歌をうたってくれたし、子どものときからおぼえているお話もしてくれたけど、本を読んでくれたことはない。小さいころパパが読んでくれたのに、わたしが忘れちゃっただけ？

「パパはさみしいんだよ」アーミルはいう。たしかにパパはさみしいのかも。それにこわいのかも。わたしはこれまでなんどもさみしいと思った。でも、おとながさみしくなるなんて思わなかった。パパは一日じゅう病院で人といっしょにいる。だけどアーミルにいわれて、それがパパにぴったりのことばだって気づいた。毎日ぼんやりした目をしてて、がっくり肩を落としてるのをみてもわかる。かわいそう。ママがいなくてさみしいんだよね。わたしとはちがう意味で。ママとすごした時間が恋しいんだよね。わたしはママとすごせなかった時間が恋しい。パパはママがいる家のにおいをおぼえてるはず。ママの声があちこちから聞こえて、絵をかいているママがみえるのも。泣き声、ほ乳《にゅう》びん、小さな手足。アーミルとわたしが生まれてきたとき、ママはいってしまった。

「また読んでくれるかも」わたしはいった。

「かもね」アーミルが答える。

「練習してもらわなきゃ。読むのへたすぎるし」

「うん、パパめちゃくちゃへたくそだよね」アーミルの目が、あかるくわくわくした目になる。ふたりとも口をおさえてくすくす笑った。へたくそなパパの音読《おんどく》を思いだすと、なぜか楽しくなった。パパもアーミルみたいに字をちゃんとみられないのかな。そんなことないはず。お医者さんだし。パパは医学の本をたくさん読んでいる。また本を読んでくれたらいいな。

ニーシャーより

＊

一九四七年八月六日

ママへ

ママに話したいことがたくさんあるの！　たくさんありすぎてはちきれそうで、眠れないんじゃないかって心配になる。きょうは歌手になりたいって思った。カジがわたしたちを市場につれていってくれたんだ。離《はな》れちゃだめだよってカジはいう。わたしが市場にいくことはほとんどない。アーミルはカジといっしょにいくから、どうして男ばっかりなんだろうっていつも思ってた。市場はすごくあかるくてにぎやかでわくわくする。きょうはカジがわたしたちを家に残していくのをいやがって、みんなでいっしょに出かけた。ダーディーまで。カジのそばについて市場をまわって、黄色いウリ、じゃがいもをひと袋、エンドウ豆をたくさん買った。うちの菜園にはもうなかったから。それにクミンシードをひと袋とニンニク、ショウガ、ターメリック、あとはわたしとアーミルに白いロック・キャンディを一本ずつ。じゃがいもとエンドウ豆ってことは、カジはサモサをつくるんだ。めったにつくらないのに。市場のいろんな音を聞いた。大声で値段《ねだん》をいうお店の人、笑ったり泣いたりする子どもたち、乾燥したスパイスや豆やお米をいきおいよく袋《ふくろ》にいれる音。それから男の子のグループが音楽を演奏《えんそう》しているのにでくわした。年はわたしとあまりかわらないけど、知らない子たち。ひとりがシタールをひいてて、べつのひとりがタブラーをたたいてた。もうひとりがバーンスリーをふく。タブラーをたたく子が歌もうたった。

その子はひょろひょろで、まゆ毛がすごく太くて、目がくぼんでた。流れるつめたい水みたいな、すきとおった高い声。いつも市場でうたってるのかな？　それともたまたま？　まわりに人があつまってみていた。どんどん人がふえていって、音楽が波になってひろがっていく。カシューナッツを火であぶるにおいと、熟《う》れたスターフルーツのにおいがして、そのかおりが空中の音とダンスしてるみたい。あんなふうにうたえたら気持ちいいだろうな。声で空気をかえて、人の耳をよろこびでいっぱいにする。音のおかげできれいな空間ができて、ぜんぶだいじょうぶってまた思えるようになる。ほんとうにだいじょうぶかな？　それを感じていたくて、ずっと三人をみてた。カジが先へすすもうとして、アーミルとダーディーにそこからひきはなされたほど。

家に帰ったらカジのあとについてキッチンへいって、シャツをひっぱってこっちをむかせた。きょうはひとことも話したくなかった。あの子たちをみてから、口をつぐんでいたくなった。あの子たちのことを考えられるように。ことばをひとつ口にするたびに、思い出が消えていきそうでこわかった。カジにボウルをわたされて、小麦粉の量を教えてもらって生地をこねる。まるくのばして半分に切って、それぞれのまんなかにスプーン一杯ぶんのエンドウ豆とじゃがいもをのっけていく。具を生地でつつんで、はしっこに水をぬって、角と角をくっつける。カジがやりかたをみせてくれる。サモサはひとつひとつが小さな動物みたい。手にのっけると、やわらかくてあったかい。ふたりとももくもくと作業した。わたしが生地で具をつつんで、カジが油であげてこんがりきつね色にする。

「あしたパパがパーティーをひらくんだよ」カジがいった。「いい服を用意しときなよ」カジの目がぱっとあかるくなる。顔には汗と飛びはねた油のつぶがぽつぽつついてる。

冗談かと思った。パーティー？　いまはこわくて悲しいときでしょ？　どうしてパーティーなんてひらけるの？　アーミルに話さなきゃ。アーミルは菜園にすわってた。穴をほってコガネムシをなん匹か生きうめにしている。

「かわいそうだよ」わたしはいった。

「またはい出てくるんだよ。みてると楽しいんだ。いっしょうけんめいで」

「出てこられなかったら死んじゃうでしょ！」大きな声が出た。

「でもかんたんに死にはしないよ。みんなすごくがんばるから」

「パーティーをひらくんだって」わたしはやっといった。コガネムシが一匹、なんとか穴から出てくる。

アーミルは飛びはねて、話しながらなんども飛びはねた。よくこんなふうにするんだ。やっぱりねってアーミルはいう。けさパパがジャスミンのお香《こう》を出すのをみたからって。ママはパーティーのまえにいつもジャスミンのお香をたいてたんだってパパはいう。

どうしてパーティーなんてひらくんだろうってアーミルにたずねたら、わからないって。ふたりでキッチンに走っていってカジにたずねた。パパが帰ってきたら教えてくれるよってカジはいう。アーミルとわたしはドアのそばにすわって、かいぬしの帰りを待つ犬みたいにパパを待った。わたしが本を読んで、アーミルが穴からはい出るコガネムシをスケッチしてたら、石敷《いしじ》きの道を歩くパパの重たい足音が聞こえてきた。

「パパ、パパ」ふたりでパパにかけよった。「どうしてパーティーをするの？」

パパはわたしたちをみてにっこり笑った。髪をなでられて、わたしは腕じゅうに鳥はだがたつ。夜寝るまえにたまにおでこにキスされるけど、パパにふれられることなんてめったにない。

「友だちと家族に会いたいんだ。ずっとごぶさたしているからな」パパはキッチンのいすにすわった。手まねきされて、わたしたちもいっしょにすわる。ダーディーはお茶をいれにいった。パパがにっこり笑って、わたしたちもにっこり笑う。学校はどうだった、ってたずねられた。いかなくていいってパパにいわれたから、もう学校にはいってないよって答えた。

「ああそうだった。うっかりしていた」パパはすごく悲しい顔になった。

「もうすぐここを出ていくぞ」お茶を飲みながらパパはいった。びっくりはしなかった。なんとなくわかってたから。でもその意味をおなかの底で受けとめると、下くちびるがふるえだした。

「たくさんの人が出ていく。なにがなんでも残るという人もいるがね。だが父さんにはおまえたちふたりがいる」アーミルとわたしをかわるがわるみながらパパはいった。「あの日、安全ではないと気づいたんだ。これからはひどくなる一方だ」

「どうしてみんなケンカしてるの、パパ？」アーミルがたずねた。パパはいすの背にもたれて、これまでしたことのない話をはじめた。パパのいったこと、ぜんぶ思いだしてみるね。

「みんな仲間をまもっていると思っているんだ。でもみんなおなじ人間じゃないか、そうだろう？　おまえたちには話したことがなかったが、父さんと母さんの結婚《けっこん》に反対する人もたくさんいた」大きくひらいたきびしい目で、パパは話しはじめた。

わたしはごくりとつばを飲みこんだ。動かないでまばたきしないようにする。ちょっとでもなにかあったら、パパがママの話をやめちゃうかもって心配だったから。パパはせき払いして遠くをみた。がまんできなくなって、わたしはまばたきした。しーんと静まりかえっている。わたしがまばたきしたせいで台なしになったんだと思ったけど、パパはつづきを話しだした。アーミルもおとなしくじっとしている。

「父さんと母さんの家族は、どちらも結婚に反対だった。母さんはイスラム教徒で父さんはヒンドゥー教徒だからな。友だちにも近所の人にもイスラム教徒はたくさんいたが、結婚となると話はべつだ。そんなふうに感じる人が多いんだが、父さんはそうは思わない。だれかが病院へきたら、その人がだれでも、どんな宗教を信じていても治療《ちりょう》する。からだを切ってひらいたら、血が流れていて、筋肉《きんにく》があって、骨《ほね》がある。みんなおなじだ。ガンディーがいうようにな。ジンナーとネルーは宗教家ではないが、それでも宗教のために国がひとつではなくふたつ必要だという。ふたりはそっちへわれわれを導《みちび》いているわけだ――インドを切りわける方、分割するほうへ」

パパは指で空気を切った。

「父さんの家族は、ヒンドゥー教徒の結婚相手をみつけてきても父さんがみんなことわってしまう理由がわからなかった。父さんは学校の成績がよかったんだ。医者になろうとしていた。だかららいろんな家族が結婚の話をもってきたんだがね、うちの親は父さんが好きになる相手でなければいけないと思っていた。母さんに出会ったのは、父さんがクリケットのチームにいたときのことだ。母さんが学校帰りに友だちと試合をみにくるようになったのがきっかけでな。母さんはまだ十八歳だった。父さんはもう大学の医学部《いがくぶ》にいたから、授業《じゅぎょう》は母さんよりもはやく終わったんだ。ある日、母さんがこっちにむかってにっこり笑っている気がした。母さんのほうをみたら笑っていなかった。でも横目でこっそりみたら、やっぱり笑顔なんだ」

「母さんがクリケットの試合から帰るとき、つまずいて本をそこらへんにばらまいたことがあってな。いてもたってもいられなかった。父さんは試合をぬけて手助けしにいったんだ。足首をいためたっていうから、持ちものを家まで運ぶのを手伝った。母さんの友だちもなん人かついてきたよ。見知らぬ男とふたりきりにするわけにはいかんしな。でも母さんの家族は感謝《かんしゃ》してくれた。感じがよさそうな人たちでね。それから毎週、母さんはクリケットの試合をみにきて、父さんは母さんとその友だちと歩いて帰るようになった。友だちは母さんと父さんを先に歩かせて、ふたりで話せるようにしてくれた。それを二年つづけたんだ。父さんの友だちと家族はみんなカンカンだよ。でもやめられなかった。母さんはほかのどんな子ともちがったからな。そう、とてもきれいだった。笑ったときはとくにだ。やさしかった。笑わせてくれた。でもそれだけじゃない。人間のことをわかってもいた。人間がどれだけ複雑《ふくざつ》か知っていた」

アーミルとわたしは、口を半びらきにしてすわっていた。パパはちょっと咳《せき》をして顔をそむけた。窓の外をじっとみてたけど、話をつづけた。

「それで結婚して村を出たんだ。結婚したあとすぐに母さんの両親が亡《な》くなって、父さんの父さんも死んだ。みんなおなじ年のできごとだ。そしてその三年後……」パパは数秒ことばをとめて、それからつづけた。「ダーディーがここへきていっしょに暮《く》らすようになった。父さんの兄弟もそのうち近くにひっこしてきてな」

わたしはいま聞いたばかりのことを考えた。ママのお父さんとお母さん、つまりわたしのおじいちゃんとおばあちゃんが死んでたこと、どうしてわたしは知らなかったの？　遠くで暮らしてるだけだと思っていた。

「ママにはきょうだいがいたの？」アーミルがたずねた。

パパはしばらくだまっていた。「弟がひとりと妹がひとり」

そうだったんだ。会ったことのないおじさんとおばさん。聞いたことはある気がするけど、気のせいかも。ママの一部がいまもどこかにいる。どうしてこれまでちゃんと考えたことがなかったんだろう?

「母さんの妹は二度と口をきいてくれなかった。結婚に大反対だったからな。いまは遠くの村で家族と暮らしている。弟が家と家具づくりの仕事をひきついだんだ」

「弟も結婚に反対だったの?」

「いや、そうじゃないと思う」パパはいった。「手紙のやりとりをしていたから」

「どうして訪《たず》ねてこなかったの?」アーミルがたずねた。

「すごくひっこみ思案《じあん》な人だからな。それに母さんの妹がいやがったのかもしれない。わからんが。ずいぶん時間がたって、連絡もとらなくなってしまったよ」

「どうしてそんなことになったの? いつのまにか時間がすぎちゃったってこと?」アーミルがいった。

わたしはくちびるをかんだ。答えは聞きたくてたまらないけど、アーミルが質問すると心配になる。パパをいらつかせたら話をやめられちゃうから。

「世のなかではよくあることだ」パパは手をひらひらさせた。それから声をひそめた。「おまえたちも知っておかなければいけない。いまは父さんのような考えはとても危険だ。母さんのことは人に話したらいけないぞ」

「でも、ほんとうのことを知ってもらったほうがいいかもしれないよ。ぼくらとママのことをわかってもらえば、ぼくらはどっちか片方の味方をしなくてよくなるし」アーミルはいった。きんちょうした小さな声で。なにそれ、信じられない。わたしがおなじことをいったときは、バカなことというなっていったくせに。

「とんでもない」パパはアーミルに大声をあげた。「おまえはわかっていない。そんなことをしたら殺されかねないぞ！　いま人の心はかえられない。ここを出ていくのが身をまもるただひとつの方法だ。あたらしいインドへいけば、いまよりはよくなるだろう。よくなってほしい」

パパは目をそらしてカップをみた。

「パパ？」アーミルが声をかける。「いつここを出ていくの？」

「わからん。近いうちだが、さしあたり話はここまでだ。ゆっくりお茶を飲ませてくれ」パパは口をまたぎゅっと閉じて、カップを手にとった。

あたらしいインド。きれいなあたらしい場所へいくんだって思ってたあの気持ちは、とつぜんぜんぶまちがってると思えてきた。あたらしいインドなんていらない。わたしのふるさとの古いインドがいい。涙《なみだ》がこみあげてきたけど、顔をごしごしこすって、ちょっとのあいだ目をおさえた。

カジはどうなるの、ママ？　愛情をこめてうれしそうにわたしをみてくれるのはカジしかいない。あんな目でみてくれる人はほかにいない。パパだってみてくれない。パパがわたしたちをみるとき、目はいつも自分の頭のなかにむいていて、自分の考えをみている。わたしたちをみているけどみていない。アーミルはふたごの弟だから、アーミルをみるのはわたし自身をみているようなもの。ダーディーはいつもいそがしくて、口のなかでへんな音をたててる。ママ、もし聞いてたら、カジもいっしょにこられるようにして。ジンナーとネルーは、カジをわたしたちからひきはなしちゃいけない。そんなのおかしいよ。

ニーシャーより

*

一九四七年八月七日

ママへ

いまは寝ころがってる。おなかがいっぱいで、ふんぞりかえって足をぐんとのばさなきゃいけない。書くことがいっぱいあるのに眠たくてたまらない。こんやは月が出てないけど、暗いところでもものがみえるように、キッチンの戸棚《とだな》から小さなろうそくとマッチをもってきて、まくらの下にかくしといたんだ。アーミルはいびきをかいてる。いつもまくらに頭がふれたとたんに寝ちゃう。わたしはちがう。きょうみたいな夜でもなかなか眠れないんだけど、この日記のおかげで楽になった。書いたあとは、わたしのなかの眠れない部分、天井のひびをじっとみつめて考えたり心配したりする部分を、その夜の日記にはき出したみたいな気分になる。昼間にまたたまって、日記帳のページが待っている。またむきあえるようになるまで、ママがわたしの考えをあずかっておいてくれるんだと思うとうれしい。いまは眠たくてたまらない。またあとで書くね。おやすみ、ママ。

ニーシャーより

＊

一九四七年八月七日
ママへ

なん時間か眠って、はっとして目がさめた。どうしてだろう？ それからパーティーのことを考えだして、ママに話さなきゃ頭からはなれない。アーミルはぐっすり眠ってて、地震《じしん》でもなければ起きないと思う。わたしもあんなふうに眠れたらいいのに。

パーティーはすごく楽しかった。とちゅうまでは。ママもパパのこと、すごくじまんに思ったはず。ずっと忘れられない。あしたもパーティーをひらけるぐらい、たくさん料理をつくった。ライス、いろんなカレー、ダール、ケバブ、プーリー、パラーター、サモサ、マンゴーのピクルス、グラーブ・ジャンムー、ラスマライ。やることがたくさんあったから、一日じゅうカジとキッチンにいてもダーディーに怒《おこ》られなかった。サイバージーはぜんぶひとりでつくったんだ。カジがすりばちとすりこぎを使わせてくれて、クミン、コリアンダー、ショウガをすりつぶした。ラスマライのために牛乳をかためて、ふきんでつつんでしぼった。菜園《さいえん》でとれたキュウリで、こってりしたラーイターをつくってボウルにもりつけた。棒《ぼう》を口にくわえてタマネギをきざんだから、涙は出なかった。

いちばんいいサルワール・カミーズを着たときには、ターメリックでつめが黄色くなってたけど、洗ってきれいにしようとは思わなかった。カミーズはこいピンクと緑のデザイン。金色のかざりがついてて、ピンクのサルワールとあわせる。一年ぐらい着てなかったのに、いまでもぴったり。金色のふさがついたピンクのシフォンのドゥパタまであって、首にまいたり頭をおおったりできる。バスルームの鏡《かがみ》でずっと自分をみてた。ねえママ、わたしはパパに似《に》てて、アーミルはママに似てるってずっと思ってたけど、きょうはわたしの顔にもママがいるのがわかった。にっこりしたときの口のカーブに。前歯のあいだにすこしすきまがあるのもママとおなじ。どうしていままで気づかなかったんだろう。ダーディーのコールをちょっと目のまわりにつけてママみたいにした。パパが気づきませんようにって思いながら。気づいてたとしても、いそがしすぎてなにもいわなかったのかも。コールなんて女の子ならみんなつけてるのに、パパはこういうことにすごくきびしい。わたしが女の子だってこと、忘れてるんじゃないかってときどき思う。

きょうみたいにパパが家であたふた動きまわってるのはみたことがない。それがいちばんおかしかった。部屋のなかのものを整とんしてはたきをかける。料理をぜんぶ味見して、ちゃんと味つけされているかたしかめる。赤と青の小さな織物《おりもの》のカーペットも出してきて玄関《げんかん》にしいた。そんなものがうちにあるなんて知らなかった。それにアーミルに掃きそうじと窓ふきもたのんだ。アーミルは文句をいわない。パパはろうそくをならべて、お香に火もつけた。

ぜんぶ準備《じゅんび》ができてドアのそばに立ってたら、つぎつぎと人がやってきた。みんなニコニコ顔。いちばんいい服を着て、花やおかしを腕《うで》いっぱいにかかえてて、バラのかおりがふわふわただよう。すごくたくさん人がきた。近所の人たち、おじさんたち、おばさんたち、いとこたち、アーメド先生とその家族。

まあ元気？　なんて大きくなったのかしら！　きれいになったね！　学校はどう？　ちゃんと食べてる？　おばさんたちが声をかけてくる。質問が飛んできて、受けとめなきゃいけない。でもひとつも受けとめられなかった。ただニコニコして、ことばがびゅんびゅんとおりすぎていくままにしてたけど、みんな気にしてないみたい。べっとりした口べにつきのキスをほっぺにたくさん受けて、気持ち悪いけど愛情を感じて、うしろをむいて口べにのあとをそっとぬぐった。考えなくても口からことばが出てくるって、どんな感じなんだろう。深呼吸を五回しなくても、口を最初の文字のかたちにして舌《した》でことばを押しだせるのって、どんな感じ？

アーメド先生がきたときには、わたしとアーミルに小さな金貨《きんか》をふたつくれた。わたしたちの手ににぎらせて、ずっと元気でなっていう。目がうるうるしてるみたい。わたしはすぐに下をむいて、手をあわせておじぎした。アーミルもおなじようにお礼をいって、ふたりで部屋へ走っていってコインをしまった。

いとこたちと近所の子たちが、わたしとアーミルのまわりにあつまってきた。みんなをつれて外へ出て、クリケットをするのにいちばんの場所へいった。男の子はクリケットをして、女の子は草花をつんでネックレスを編《あ》む。かわりばんこに家に走って食べたり飲んだりして、また外に出てくる。ナプキンにおやつをいっぱいくるんでもってくる子もいた。わたしが家のなかにもどると、いつもパパは床にすわってて、男の人にかこまれて話し、笑って、食べて、たばこをすってた。市場のときとおなじで、またふしぎだった。まだこんなふうに近所の人たちとパーティーをひらけるのに、なにがおかしいっていうんだろう？　カジはずっとキッチンにいて、出てくるのは料理を補充《ほじゅう》するときだけ。キッチンをのぞいたら、すぐに追いはらわれた。

いちどおばさんたちに手まねきされて、いっしょにサモサを食べた。すっぱいグリーンチャツネをつけて、ぴりっとするカリカリの皮を味わいながら、ゆっくり食べる。おばさんのひとりに、もっと太らなきゃ、たくさん食べなさいっていわれた。べつのおばさんは、そっと手をのばしてわたしのほっぺをつまんだ。でも、たいていおばさんどうしで話してた。いまの時期にはどの花がよく育つとか、だれに赤ちゃんが生まれるとか、だれが結婚するとか。あちこちで起こってる変化のことは、だれも話さない。わたしは、みんなのよく動くきらきらした目をのぞきこんだ。おばさんたちは腕輪をじゃらじゃらさせながら話す。みんなほんとうはなにを考えてるの、ママ？

アーミルはあいかわらずクリケットがへたくそ。腕はガリガリで、ろくに打てないし投げられないけど、ただのパーティーのお楽しみだからへいき。わたしたち女の子は首に花のネックレスをかけた。手をつないで輪になっておどりながら、わたしは声をあげて笑った。ほっぺがぽかぽかほてってきて、おどりのせいで頭がすこしくらくらして、サモサで気持ちよくおなかいっぱいになったところで、わたしの肩に腕をまわしてたいとこのマッリーにささやいた。「出ていったら会えなくなるのかな。さみしいけど、また近くで暮らすかもしれないよね」

「出ていくって、どこに？」マッリーはおどるのをやめた。ほかの子もみんなおどるのをやめて、わたしをじっとみる。わたしが話すといつもこう。望んでるのとまったく反対になる。アーミルが話すときは、いつもまわりの人に負けない大声でなんどもなんどもわめいて、みんなの注目をあつめるんだけど。

「あたらしいインド」ぼそっと答えた。

「どういうこと?」マッリーは不安そうな顔になる。

みんなわたしよりよく知ってるんだと思ってた。とんでもないひみつを話しちゃったの? わたしはおでこをぬぐって肩をすくめた。マッリーはわたしが口をひらくのを待ってたけど、なにもいえない。ぎゅっと口をむすんだまま。からだに力がはいらずにぐったりする。マッリーは首をかしげた。火が消えるみたいに話す勇気がしぼんでいく。

「教えて」マッリーがやさしい声でまたいった。どれだけやさしくいわれてもおなじ。「ねえ教えてよ」声が大きくなる。

サビーンがいきなり話しだした。「知らないの? ヒンドゥー教徒とシク教徒は出ていかなきゃいけないんだよ。わたしたちはここに残るの」サビーンはたんたんといってほかの子たちをみたけど、だれもなにもいわない。

マッリーはいまにも泣きだしそうな顔になって、お母さんを呼びながら家のなかへ走っていった。わたしは立ったまま動けない。ほかの子たちはわたしをみてしばらく待ってたけど、だまってたらわたし抜きでまたおどりだした。でも、さっきほどもりあがらない。わたしは家にもどることにした。甘《あま》いものを食べたら気分がよくなるかも。

なかにはいると、部屋のすみでマッリーがディープーおばさんの横にすわっていた。おばさんはマッリーの背中をさすって落ちつかせている。ふたりとも動揺《どうよう》してるみたい。パパはルペーシュおじさんとラージおじさんと話していて、みんな興奮《こうふん》して腕をぶんぶんふってる。ルペーシュおじさんはパパをハグして、マッリーとおばさんのところへ歩いていった。ふたりは立ちあがって、わたし以外の人たちにさよならをいって、ドアからそっと出ていった。ラージおじさんの家族もあとにつづく。わたしのことはみえなかったのかも。それか、みたくなかったのかも。おじさんたちにはもう会えないの？

ルペーシュおじさんとラージおじさんの家族が帰ると、プラグがコンセントからひっこ抜かれたみたいになった。楽しい気分が消えていく。おろおろした気持ちがふくらんで、からだのなかをかけめぐる。プラグをみつけてまたコンセントにさして、いま起こってることをぜんぶとめなきゃって気分になる。パーティーの最初にもどりたかった。

パパはみんなになにを話してるんだろう？　気になったけど、そばにいく勇気がない。ほかの人たちもハグをする。アーメド先生が帰るときは、おたがいの腕をにぎって、ずっと小声でなにか話してうなずいていた。アーメド先生が出ていったあと、パパはしばらくドアのまえに立って目をぬぐっていた。泣いてたのかな？　振《ふ》りむいて、キッチンのそばにかくれてたわたしをみた。ドアのほうへ手まねきする。わたしはおずおずそこへいった。残ってたゲストがひとりひとり、パパ、ダーディー、わたし、アーミルと長いハグをして、わたしは肩が痛くなった。つけていた花のネックレスもつぶれた。いろんな人が「気をつけて」とか「しっかりね」とか耳もとでささやいていく。おわかれパーティーだってはじめからわかってたけど、いまはそれがほんとうなんだって、おなかにずっしりひびいてくる。石炭《せきたん》の山みたいに。

みんなが帰ったあと、アーミルとわたしは静かにベッドに横たわった。

「ここを出ていくっていったら、マッリーは知らなかった。みんな知ってると思ってたのに」ふんわりにおいのただよう暗やみにむかって話しかけた。まだスパイス、香水、お香のかおりがあたりにふわふわしている。

「ぼくもそう思ってた」アーミルがいう。

「わたしが話したせいでパーティーが台なしになっちゃった」

「そのまえから台なしだったよ」アーミルのことばはゆっくりで重たい。

「どういうこと？」

「わかんない。はじめからすごく悲しい感じだった」

「ほんと？　わたしはそうは思わなかったな」

アーミルは返事をしないで目を閉じた。アーミルの息が深くなってリズムをきざみだすと、わたしは起きあがってそっと部屋を出た。胸がドキドキする。おやすみの時間のあとは部屋を出たらいけないから。いつもパパとダーディーと、ときどきカジが音をたてるのが聞こえて、それだけで安心できるんだけど、きょうはだれかの顔をみたかった。角《かど》からのぞくと、パパがテーブルのまえにひとりですわってて、お茶を飲みながらじっとまえをみている。わたしは歩いていって、パパがいるテーブルのそばに立った。

「眠れない」わたしはいった。

パパはわたしをみて目を細めて、しばらくだまっていた。「父さんも眠れないよ」やっと口にして、テーブルをぽんぽんたたく。「あたたかい牛乳を飲むといい」

わたしはほっとしてキッチンへいった。こんろに火をつけて、小さななべに牛乳とカルダモンシードをいれてあたためる。ゆげがたつとティーカップにそそいで、テーブルにもどった。パパとわたしは無言ですわっていた。

「パーティーは楽しかったか？」パパがやっと口をひらいた。

わたしはうなずいた。それから深く息をすっていった。「ここを出ていくって、マッリーに話してごめんなさい」

パパはわたしをみて、お茶をひと口飲んだ。

「そろそろ知らなければいけなかった。おまえだってもう理解できる年なんだから、マッリーもおなじだよ」

わたしはうなずいた。でもねママ、わたしはよくわかってない。なにかを理解するのと、どうしてそうなのかを理解するのとはべつだから。しばらくパパといっしょにすわってた。おかしな感じがして、ふたりきりになるなんてほとんどなかったことに気づいた。パパの顔をよくみた――はばのひろい鼻、まるいほっぺた、しわのはいったおでこ、お茶を飲みながらむずかしいことを考えて細めた目。のんきで陽気な子どものころのパパなんて想像できない。生まれたときからおとなで、お父さんで、お医者さんだったんじゃないの？

わたしにもわかっていることがひとつある。わたしにはここミルプール・ハースでの思い出と、あたらしいインドでの思い出ができる。わたしの子ども時代には、これからずっと線がひかれる。これよりまえと、これよりあとをわける線。

ニーシャーより

＊

一九四七年八月八日

ママへ

きのうおわかれパーティーをしたけど、なにもかわってないみたい。パパは仕事にいった。アーミルとわたしは家のなかをうろうろして、なにをしようって考えた。わたしはカジの料理を手伝った。ときどきダーディーにいわれて、ふたりで掃《は》いたり洗ったりたたんだりかたづけたりする。そのあとはアーミルと外へ出て、菜園にブランケットをしいて絵をかいて本を読んだ。わたしはこのところずっとパパの医学書を読んでいる。パパがうれしがってるのがわたしにもわかる。いつもそばに立ってどこを読んでるのかのぞきこんで、うなずいてから離《はな》れていく。いつかわたしもお医者さんになるだろうって思ってるのかも。血も、いやなにおいも、ほんもののからだのなかも、わたしはだいきらいなんだけど。

わたしは人がなにを考えてるのか知りたいだけ。からだのしくみがわかったら、からだのなかのひとつひとつの部分がどうなってるのかわかったら、もっとよく理解できるんじゃないかな。心臓《しんぞう》、心室、動脈《どうみやく》、骨、肝臓《かんぞう》、じん臓、ひ臓、肺《はい》のこと、静脈を流れる血のことをしらべる。

脳《のう》のことも。へんてこなぐるぐるまきのかたまりで、そこにみんなのひみつがかくされている。わたしがときどきしゃべれなくなったり、アーミルが字をちゃんとみられなかったりするのは脳のせいなの？　人が愛したり憎《にく》んだりするのは脳のせい？　それとも心臓のせい？

ニーシャーより

＊

一九四七年八月十五日

ママへ

いよいよはじまった。まるまる六日も書かなくてごめんね。このなん日かはぜんぶごちゃまぜでひとつになった感じ。荷物《にもつ》をまとめて、ダーディーは泣いてるのをかくそうとして、パパはきびしい現実をたくさん説明した。アーミルはパパとダーディーとカジのあいだを走りまわって、いろいろ質問してる。わたしはだまってる。なにをいっても、なにもかえられないし。かわること、これから起こるいいことと悪いことをパパが教えてくれる。わたしたちが眠っている真夜中に、インドはイギリスから独立《どくりつ》した。それと同時に、パキスタンっていうあたらしい国ができた。いまわたしが住んでるところは、もうインドじゃない。

イギリスの支配から自由になるってどういうこと？　いまでもわからない。パパの話だと、イギリスは二百年近くもインドを支配してたんだって。わたしは自分がイギリス人だとはまったく思わない。本や新聞でみるイギリス人の子どもは、みた目がぜんぜんちがう。肌の色がうすい。

着ている服もちがう。パパがイギリスのお茶を飲んでイギリスのビスケットを食べるのは知ってる。イギリス人の衛兵《えいへい》がひとり、ミルプール・ハース市立病院の外に立ってるのも知ってる。うちにイギリスの家具があるのも知ってる。リビングの布《ぬの》ばりの木のいすとか、たまご形の大きなダイニング・テーブルとか。イギリスの食器もある。イギリスが支配者じゃなくなるのも知ってるし、たぶんわたしたちはイギリス人に指図《さしず》されるのはいやなんだと思う。パパはちがうお茶を飲むようになるの？　あの衛兵はいなくなるの？　うちのいすとテーブルは返さなきゃいけないの？

パキスタンはイスラム教徒の国で、ほかの人はみんなインドへいく。ここはもうインドじゃない。それでもここに残るヒンドゥー教徒の人はいるのかな？　アーミルもパパにおなじことをたずねたけど、ここはあぶないし、争いはもっとひどくなるだろうってパパはいう。ミルプール・ハースにいるイスラム教徒以外の人はみんな出ていかなきゃいけなくて、あたらしいインドにいるイスラム教徒の人たちがここへくる。パパの話だと、イギリス代表のマウントバッテン、イスラム教徒代表のジンナー、ほかのみんなの代表のネルーのあいだできまったんだって。その人たちが分割《ぶんかつ》に賛成した。ガンディーもそのなかにいたのかアーミルがたずねた。ガンディーは統一されたインドを望んでるんだって。どの宗教を信じていてもみんなインド人だってパパはいう。でもいまとなってはもう関係ない。きまってしまったんだから、そのなかでなんとか平和にやっていくしかないって。

だからきょうから、わたしが立ってる土地はインドじゃない。カジはどこかで暮らさなきゃいけないし、わたしたちは出ていってあたらしいうちをみつけなきゃいけない。故郷《こきょう》を出て、インドって名前ですらないあたらしい国へいくイスラム教徒の女の子もどこかにいるのかな？　その子もわけがわからなくておびえてるのかな？

でも、わたしの頭にあるいちばんの疑問《ぎもん》はこう。口にするのはこわいし、書くのすらおそろしい。答えを考えたくないけど、それでもえんぴつがかってに動く。もしママが生きてたら、わたしたちはママを残していかなきゃいけなかったの？　だってママはイスラム教徒でしょ。わたしたちのあいだにも線がひかれてたの？　ママ。答えはどうだっていい。わたしたちはママのからだから生まれた。わたしたちはいつまでもママの一部だし、ここがいつまでもわたしのふるさと。べつの名前で呼ばれるようになっても。

ニーシャーより

＊

一九四七年八月十六日

ママへ

パパの机《つくえ》にあった新聞をみた。インドとパキスタンのふたつの国でお祝《いわ》いをしてる人たちの写真がのってる。でも、やっぱりおなじ国のふたつの側としか思えない。お祝いする気になんてなれない。こんな見出しがついてた。「インドの自由が誕生《たんじょう》」「国があたらしい命をうける」「大熱《だいねっ》狂《きょう》するボンベイ」でもしあわせじゃない誕生だってある。わたしとアーミルのばあいみたいに。

わたしたちの誕生はしあわせじゃなかった。わたしたちは生きたけど、ママは死んじゃったから。わたしたちが生まれた日は、パパにとってすごく悲しい日だったはず。そのときパパがわたしたちを愛してたのかもわからない。これまでずっと、わたしたちをなかなか愛せなかったのかもしれない。まるでインドみたい——あたらしい国は生まれるけど、わたしのふるさとは死んでいく。

うちではだれも自由を祝っていない。荷物をまとめなきゃ。本はぜんぶおいてかなきゃいけない。ラグもテーブルも本棚もパパの机も、ぜんぶあとに残していく。もっていくのは、なべとフライパンいくつかと乾燥食品《かんそうしょくひん》をすこしだけ。あちこちで暴動《ぼうどう》が起こってて、出ていかなければ殺されたり難民《なんみん》キャンプにつれていかれたりするかもしれないんだって。パパがダーディーにいってた。だれにそんなことをされるの？　近所の人たち？　いっしょに学校へかよってた子たち？　市場《いちば》のお店の人たち？　病院でパパが治療《ちりょう》した患者《かんじゃ》さんたち？　学校の先生？　アーメド先生？　ヒンドゥー教徒、イスラム教徒、シク教徒、いまはみんなが殺しあってるってパパはいう。みんなに責任がある。人間をグループにわけたら、どこかのグループがほかよりすぐれてるとみんな思いはじめるんだって。わたしはパパの医学書のことを考える。宗教に関係なく、からだのなかにはみんなおなじ血、内臓、骨があることも。

自分の部屋へいって荷物をまとめた。アーミルはもう荷づくりが終わってた。紙とえんぴつ数本と服をすこしだけ。それぞれバッグひとつぶんっていわれてる。あした列車《れっしゃ》で国境《こっきょう》までいって、そこでのりかえてあたらしい故郷ジョードプルまでいく。駅へは馬車でいくんだって。服、えんぴつ三本、この日記帳、小さなシルクのスパイス袋にはいったママのかざりと宝石ぜんぶを荷物にいれた。とられるといけないから、身につけるのはやめなさいってパパにいわれたから。アーメド先生の金貨《きんか》もいれた。それに庭の土もひとつまみ。ママが歩いた土地、わたしのインドをずっともっていられるように。

ニーシャーより

＊

一九四七年八月十七日
ママへ
はっきりわかった。けさパパから聞いたんだけど、あしたカジはいっしょにこないんだって。いい方法がないかなってずっと思ってたけど、パパはあぶなすぎるっていうし、カジは無理だっていう。
ヒンドゥー教徒のふりをして、パパの服を着ればいいんじゃないの？
こんやはパラーターとダールでかんたんに夕食をすませた。荷物につめたり人にあげたりしたもの以外、ほとんどなにも残ってないから。カジはわたしが好きな赤レンズ豆とマスタードシードのダールをつくってくれた。マスタードシードが口のなかではじける。カジが料理《りょうり》しているあいだ、わたしは木のいすにこしかけて足をブラブラさせてた。こんやは手伝いたくない。カジにこっちをむかせたくて、わたしはカウンターをこつこつたたいた。名前を声に出して呼べるか、自信がなかったから。

カジはすりばちでクミンをくだきながら顔をあげた。

「どうした、ニーシャー?」

わたしは下をむいてくちびるをぎゅっとかんだ。「いっしょにこなきゃだめだよ」ぼそっといって、声が出なくなる。涙《なみだ》が出てきた。あわててぬぐう。

「へいきだよ、ニーシャー」カジはいう。「ぼくも泣いてたんだから」そういって小さなタオルをくれる。

わたしはびっくりしてカジをみた。

「ほんとだよ。でもいっしょにいったら、ニーシャーたちがねらわれるかもしれない。みんな自分の身をまもってるつもりで、仲間のために立ちあがってると思ってるけど、ぜんぶおそろしさのせいだよ」

「カジがパパの服を着てヒンドゥー教徒のふりをしたら、わからないんじゃない?」さっきより強い声でわたしはたずねた。

「そういうのはバレるものだよ。名前もかえなきゃいけない。書類も偽造《ぎぞう》しなきゃいけない。あぶなすぎる」

「てことは、こわいからいっしょにこないってことだよね」なにも考えないでわたしはいった。

「ニーシャーはもっと話したほうがいいよ。かしこい子なんだから。話すかわりに聞くのに時間を使いすぎてるんじゃないかな」

顔があつくなってかっかする。

「そう、こわいからだよ。ぼく自身のためじゃなくて、ニーシャーたちのためにね。ぼくがいるせいでだれかになにかあったら、ぼくはもう生きていけない」

わたしは手をにぎりしめて涙をがまんしようとした。カジは話をつづける。いつかニーシャーたちがもどってくるかもしれないから、家をちゃんとみておくよって。わたしのほうはもうみないで、粉になったクミンを小さなボウルにいれる。すりこぎとすりばちを洗ってふいた。わたしはすわったままだまってみていた。のどがつかえてヒリヒリする。そのとき、カジがすりこぎとすりばちをさし出してきた。ニーシャーにあげるよって。

わたしは首をふった。もらったら、ほんとうにさよならになっちゃうから。カジを失うなんて無理。そんなことできない。

カジはそれをわたしの手に押しつけて、使うときはいつもぼくのことを考えてっていった。

「教えたことを忘れちゃいけないよ。いつだって料理は人をむすびつける」

すべすべの白い大理石《だいりせき》をなでる。すりばちのまんなかは、つぶされたいろんなスパイスのせいできつね色になっている。カウンターにそれをおいて首をふった。からだがふるえる。カジはそれをわたしのほうへ押しもどした。

「受けとらなくても、ぼくはここに残って、ニーシャーは出ていかなきゃいけない。なにもかわらないよ」

わたしはすりばちをつかんで走ってキッチンを出た。それをショールでしっかりつつんで、パパにみられるまえにバッグにしまう。みつかったら、そんなに重たいものはもっていくなっていわれるから。

夕食のときはしんとしてて、食べおわってカジがかたづけをしていると、アーミルが走っていってカジをぎゅっとハグした。パパは顔をあげて、うるうるした目でカジをみつめる。それからアーミルを追いはらった。わたしはカジをハグできなかった。悲しすぎたから。立ちあがって、走って菜園《さいえん》にいったアーミルのあとを追った。アーミルはほうれん草のうねのはしにすわって、葉っぱをむしりとってなん枚か口につめこんだ。

「ほうれん草、こんなにたくさんあるのに、だれが食べるんだろう？　カジだけじゃ食べきれないよね」アーミルはわたしにいった。
一、二分のあいだ、だまってすわっていた。太陽がしずみはじめる。夜の準備《じゅんび》をする鳥、虫、いろんな動物がカサカサ音をたてる。眠ろうとするのもいるし、これから目をさますのもいる。
「またカジに会えると思う？」アーミルにたずねられた。

どっちとも答えたくない。会えないのはこわい。だってカジが死んじゃうのとおなじでしょ？

「そもそも出ていくなんて信じられない」それから小さな声でいった。「ママから離《はな》れちゃうみたいな気もする。ママはこの家にいたんだよ。でもあたらしい家にはママがいない」

「ママはここにもいないよ。ニーシャーがいくら頭のなかでバカな話をつくってもね」

「話をつくってなんかないよ！」大声でいい返したら、アーミルは飛びあがった。わたしはまた泣きだして、アーミルはそっぽをむく。そしていきなり立ちあがって、走って家のなかにもどっていった。こわがらせちゃったんだと思う。はずかしくてさみしい。ママ、ママがここにいたら、となりにすわって抱《だ》きしめてくれる？　わたしのこと、だれよりも愛してくれる？

アーミルが走って家から出てきた。ハンカチをさし出されて、からだの力がふっとぬける。ありがとうっていった。ひとりぼっちにされなくてよかった。ハンカチを受けとって鼻と目をふいたら、胸がすこしかるくなった。

「ぼくらはママのことを知らないよね。考えてもしょうがなくない？」アーミルはいう。

わたしはうなずいた。アーミルがそんなふうに思うのはかまわない。心の奥ではママのことを愛してるにきまってるけど、わたしはママをひとりじめしたい。わたしはママのことを知ってる気がする。だって自分のことを知ってるし、ママがわたしをつくったのも知ってるから。ママもいっしょにつれていく。この日記帳に閉じこめて。土と宝石といっしょに小さなポーチにいれて。

「ぼくもときどき考えるけど」

「ママのこと？」

「すこしだけ。写真だとすごくきれいだよね。ママはきっとちがってたと思う――」そこで話すのをやめた。

「ちがってたって、なにと？」たずねたけど、アーミルがいおうとしてることはわかった。パパとはちがってたはず、っていいたかったんだと思う。ほらねママ、アーミルもやっぱりママのこと愛してるでしょ。それを口にしにくいだけ。ときどき思うんだけど、アーミルもわたしとおなじくらいいろんなことを感じてるのかな。アーミルは動いたり話したりするのにずっとからだを使ってて、わたしみたいになにもかも自分のなかに閉じこめたりはしない。わたしもアーミルになれたらいいのにってときどき思う。それっておかしい？　ママ。男の子になりたいって。そのほうが楽そうだから。でもそうなったら、たぶんパパはわたしのことをいまほど好きじゃなくなると思う。
　アーミルはまたわたしの横にすわって、肩にもたれかかってくる。アーミルのぬくもりを感じる。アーミルはいつもからだを動かしてるけど、そのときはじっとすわっていて、菜園のむこうに最後の太陽がしずんでいくのをふたりでながめていた。

ニーシャーより

＊

一九四七年八月十八日
ママへ
　蚊帳《かや》のなかで月の光だけで書いてるから、字が汚《きたな》くてもゆるしてね。なにを書いてるのかほとんどみえないんだけど、わたしにはとくべつな力がある。みなくても書けるんだ。けさ、わたしたちは出ていこうとした。太陽がのぼってもいない時間に。カジは小屋にいた。寝るまえにカジが最後のおやすみをいいにきて、朝わたしたちが出ていくときは小屋にいるよっていってた。そのほうが安全だからって。
「また会う日まで」カジはいって、アーミルとわたしをハグした。わたしは泣けなかった。風にゆられてどこに落ちるかわからない枯《か》れ葉《は》になった気分。うなずいてそっとカジから離れた。さよならをいったら、ほんとうのさよならになってしまうから。永遠のさよならに。

アーミルがカジの絵をかいたことがある。肩にタオルをかけてキッチンで野菜をきざんでる絵。絵のなかのカジは真剣な顔で、目を細めてくちびるをぎゅっとむすんでいた。部屋のすみにたくさんおいてあるアーミルの絵のなかからさがしたけど、みつけられなかった。

ダーディーにそっと起こされて、だまったままヨーグルトときのうのローティーを食べた。なぜだかみんな、いまは話すときじゃないってわかってた。もろい空気に大きな声をのせたら、なにかがこわれそうだった。顔からわかることってたくさんある——目つきとか、うなずきかたとか、くちびるのむすびかたとか、横をむくときの首の動きとか。ことばがなくても、みんなたくさん話してる。

みんなの持ちものをあつめて、目と目で、うなずいて、肩をすくめて、指さして話した。わたしはバッグをもっていて、アーミルもバッグをもっている。寝るときに使うマットをまるめてひもで背中にむすびつけていた。パパはほろ馬車に荷物をつみおえていた。ダーディーの持ちもの、自分の服、マットふたつ、蚊帳、往診用《おうしんよう》かばん、何冊かの本、いろんな食べものと、水がはいったびんをたくさん、なべとフライパンとカップをいくつか、それにママがかいた絵を一枚。絵は紙につつまれていて、パパはみせてくれなかったけど、大きさでわかる。たぶんわたしのお気にいりの、たまごをのせた手の絵だと思う。だれかの手をかいたのかな、それとも想像したのかな、ってずっと思ってた。女の人の手にみえる。ダーディーの手？　ママの？　どうしてたまごをもってるの？　馬車でそれをみかけて、とてもうれしかった。ママがふえたってことだから。ママのかざりと宝石ももってる。故郷の土ももってるし、この日記帳だってある。

駅まで馬車でいく予定だったから、出ていくのをみられないように夜あけまえに出発しなきゃいけなかった。出ていくときにもめた話をパパが聞いてたから。ラージおじさんとルペーシュおじさんがなん日かまえに列車で出ていって、いまは国境のむこう側《がわ》にいる。住む場所をさがしてくれていて、わたしたちがついたら家が用意されている。わたしたちはとても運がいい、家がないまま知らない場所へいく人がたくさんいるんだからってパパはいう。

パパはもっとはやく出ていきたかったんだけど、あたらしいお医者さんがくるまで病院にひきとめられた。イスラム教徒のお医者さんがパパのあとをひきついで、アーメド先生と仕事をする。そのお医者さんがわたしたちの家に住むんだって。その人のためにカジは残って料理しなきゃいけないんだと思う。そのことは考えたくない。病院での最後の日にうちに帰ってきたとき、パパはひとことだけいった。「あたらしい医者が父さんよりたくさんの人を救ってくれるといいな」それから部屋にはいって、朝まで出てこなかった。

わたしはバッグをすぐそばにおいていた。すりばちとすりこぎのせいで重たいのを、パパやダーディーに気づかれたくなかったから。きのう荷づくりをしているとき、パパはアーミルにマハーバーラタの本と紙きれ数枚とえんぴつ二本だけをもっていかせることにした。自分の絵じゃなくて本をもっていかなきゃいけなくなって、アーミルはカンカンだったけど、パパはいい聞かせた。子どもみたいに怒《おこ》ってはいけない、もうおとな同然なんだからって。アーミルはわめくのをやめて、ぐっと息をのみこんだ。それから首をふって離れていった。部屋にもどって絵をぜんぶひとつにまとめる。それをもってキッチンへいって、ストーブで燃《も》やしてほしいってカジにたのんだ。残していって、ほかの人にとられたくないからって。

カジはそれを受けとって、そっとテーブルにおいた。そして、ちゃんととっておくよってアーミルに約束《やくそく》した。カジがここを出ていくことになったら、それももっていくって。

「やだ」アーミルはいった。「もうおとな同然なんだ」絵のたばをつかんで、火がついた石炭《せきたん》ストーブにつっこんだ。とっさのことで、カジもとめられなかった。アーミルは外へ走っていく。カジをじっとみてたらまた涙がこみあげてきたけど、手でぬぐってストーブのところへいった。アーミルの絵が燃えて灰になっていく。カジもそれをみる。カジがわたしに腕をまわして、ふたりでみまもった。

「アーミルはまたかくよ。あたらしい家であたらしい絵をかく」そういってなぐさめようとしてくれたけど、なぜだか心臓をさされたみたいな気分になった。

「アーミル」すこしして声をかけた。アーミルは床にすわって、なにもかいてない紙を折ったりひらいたりしてる。「どうして?」

「どうせ燃やされるんだったら、自分でやったほうがいい」

「でもカジがとっておいてくれるっていったでしょ。だれも燃やしたりなんかしないよ」

アーミルは怒って首をふった。「わからないよ。ひょっとしたら、だれかがうちをぜんぶ燃やしちゃうかも」低い声でアーミルはいった。

「そんなことありえないよ。あたらしい家族がここにくるんだから」

「燃えちゃうほうがいいよ」どんよりした激《はげ》しい目でアーミルがいう。

「ほんきじゃないよね」っていったけど、ほんきだってわかってた。

アーミルはからだを前後にゆらしながら、紙を折ったりひらいたりするだけ。わたしはしばらくそこにすわっていて、アーミルの指が乱暴《らんぼう》に紙のうえを行き来するのをみていた。怒《いか》りがすこしだけぬけていったのがわかる。しわくちゃになったやわらかい紙をアーミルから取りあげた。抵抗《ていこう》しない。

「カジのとこへいこう」いきなりアーミルがいって、すぐに立ちあがった。いやな気持ちをふりはらおうとしてるのがわかる。アーミルは怒るのがきらい。いつも楽しくしてたい子で、そんなアーミルがわたしは大好き。わたしはときどきいやな気持ちにしがみつきたくなる。手ばなしたら、あまりたいせつじゃないって認めてるみたいだから。でもアーミルはそうじゃない。ケンカのあとはたいていアーミルが先にあやまって、気まずい空気からぬけださせてくれる。でもこのなん日かは、アーミルの目にずっと怒りがくすぶってた。

カジのとこへはいきたくない気もしたけど、わたしもアーミルについていった。それからずっとカジのそばにすわっていた。カジはキッチンの荷物をかたづけて、わたしたちがもっていく食べものを用意してくれる。作業しながら、おやつにラディッシュとパプリカを切ってくれた。そのあとはわたしたちも手伝って、なべをごしごし洗って、わたしたちがもっていったり、カジが自分の小屋にもっていったりするお米やレンズ豆の袋の口をしばった。作業をしてからだを動かしてると気分がましになる。キッチンで手を動かしてたら、なにも起こってないふりができる。

いつもみたいに夕食をつくってるだけなんだって。ずっとふりをしていたら、それがほんとうにならないかな？

そしてけさ、ひんやりした外にそっと出て、馬車に荷物をつみおえると、だれかが走ってくる音が聞こえた。最初に聞いたのはわたしだと思う。音がするほうをわたしがみて、それからほかのみんなもみたから。土をけるサンダルのカサカサいう音が近づいてきて、どんどん大きくなる。パパがわたしたち三人を家に押しもどした。「いけ」小さくするどい声でパパはいって、わたしたちの背中を押した。「パントリーにかくれろ」ダーディーに腕をつかまれて家のなかにひっぱりこまれた。だれかがむかってくる。

前みたいにしゃがみこんで息をころした。パントリーはすっからかん。ダーディーはほんのすこしくちびるを動かしてお祈りをとなえる。男の人たちの低い声が遠くで聞こえるけど、怒ったりおびえたりした声ではなさそう。だれかがパパを傷つけにきたのかもって心配だったけど、低い声をそのままじっと聞いていた。パパの声と、聞いたことはあるけどだれか思いだせない男の人の声。もしかしたら出ていかなくてもへいきだってつたえにきたのかも。ぜんぶ大きなかんちがいだったって。

ダーディーのもわっとした息が肩にかかる。アーミルがわたしの手をにぎる。つめたくてかわいてる。わたしの手はあつくてじっとりしてる。長いあいだ三人で待った。

いきなりパントリーのドアがあいて、まばたきするわたしたちのおびえた目に、朝いちばんの日の光がさしこんできた。

「きょうは出ていけない」パパだ。わたしはほっと息をついた。もう出ていかなくていいってこと？　ほんのすこし希望がわく。

「どうしたんだい？」ダーディーがたずねた。

「いとこのニキルだったよ。国境をこえようとする列車のことで、おそろしい話を聞いたらしい。ニキルたちはしばらくここにとどまるという。だが、うちはそうするわけにはいかん」

「おそろしい話って？」アーミルが興味《きょうみ》しんしんの声でいう。ママ、わたしも聞きたかった。ひどくておそろしくて、一目散《いちもくさん》に逃げだして二度と振りかえりたくなるような話を聞きたかった。

「いっただろう。人が殺されているんだ」もう寝なさいっていうときみたいに、パパはたんたんといった。どんな人が、どこで、どんなふうに殺されてるのかは教えてくれなかった。

ダーディーがこんどは声に出してお祈りをとなえはじめる。みんなパントリーのなかでしゃがんだまま。パパがダーディーに大声をあげた。「母さん！」ダーディーはお祈りをやめて、そっとくちびるをむすんだ。

「これからどうするんだい」ダーディーがたずねた。「国境まで百六十キロはあるよ」

「あした歩いて出発する。もうあかるすぎるからな」パパはいう。「もう一日ここにとどまらなきゃいかん。国境へむかうとちゅうで、ラーシッドおじさんのところによって休ませてもらえばいい。使いの人を送って知らせるつもりだ。だいたい中間地点にあたるからな」

「ラーシッド！」ダーディーがいった。

「ラーシッドおじさんって?」アーミルがたずねて、わたしは目がぱっとあかるくなった。その名前は聞いたことがある。ママの弟だよね。パパが質問に答えてくれますようにって、わたしは祈《いの》った。

「だまっていうとおりにしなさい」パパはいった。「いまは父さんのいうことを聞かなければいかん。こんやはカジのところで眠る。もうここにいないと思わせるためにな。暴動が近づいてきている」

「でも」アーミルがいうと、パパは手をあげてとめた。

「アーミル」パパはきびしい声でいった。「いいかげんにしなさい」

がっかり。それにうしろめたい。アーミルにパパから答えを聞きだしてもらいたいときは、いつもそんなふうにうしろめたさを感じる。ラーシッドおじさんがわたしの想像したとおりの人か知りたかった。カジの小屋には、ほとんどはいったことがない。カジは寝るときだけ小屋にもどって、あとは休みの日と日曜をそこですごす。そういうときは、じゃましないようにしなきゃいけない。でもアーミルとわたしは、退屈《たいくつ》したときになんどかいうことを聞かないでカジの小屋へいった。一年ぐらいまえ、アーミルが菜園でおかしなトマトをみつけたことがある。三つのトマトがくっついたみたいなかたちをしてた。

「カジにみせよう」アーミルはひょいとそれをもちあげて、頭にのっけてバランスをとった。

「だめだよ」落っことしてつぶれないように、わたしはトマトを取りあげた。頭が三つあるトマトの味を知りたかったから。

「ニーシャーはいつもルールのいいなりなんだから」アーミルは腕をくんだ。

「ていうかアーミルはいつも無視《むし》するでしょ」わたしはいい返した。「だからパパに怒られるんだよ」

悪いことをいっちゃったってすぐに思った。パパがアーミルにイライラするのは、そのせいじゃないんだから。学校の成績がよくない理由がわからなくて、お医者さんになれないんじゃないかって心配してるのが原因。

でもアーミルは怒らなかった。ため息をついただけ。「どうしてニーシャーはほかの人とはこんなふうにしゃべらないの？　ルールをやぶるのはぜんぶぼくの仕事になってるよね。ニーシャーはそれがいいんでしょ」

なんていえばいいのかわからない。アーミルはあっというまにわたしの手からトマトをとって、カジの小屋へ走っていった。わたしはぽかんとしてアーミルのあとについていく。ほんとうにそれがいいのかな？　でもアーミルもそれが好きなんだと思う。わたしはアーミルが感じられないことを感じて、アーミルはわたしがアーミルにしかいえないことをいう。そんなしくみになっている。

カジは長居《ながい》させてくれない──おくりものだけ受けとって、わたしたちを追いはらった。日曜に一日じゅうそこでなにをしてるんだろう。ママ、目がかってに閉じてくる。書けるときにつづきを書くね。

ニーシャーより

＊

一九四七年八月十九日

ママへ

カジの小屋には部屋がふたつある。手前の部屋には小さなキッチンがあって、まんなかに小さなテーブルがひとつといすがふたつおいてある。奥の部屋にはベッドとラグがあって、すみにいすがひとつ、小さなたんすがひとつある。手前の部屋のかべに小さなタペストリーがかざってあって、それでおしまい。

きのうはみんなで奥の部屋にいて、静かに本を読んで絵をかいてた。だれもおそってきませんようにって願いながら。わたしたちの家はまっ暗でだれもいない。もう馬車は使えないから、荷物は自分たちでせおえるだけしかもっていけない。ママがかいた絵は、カジにあずけていかなきゃいけない。パパは水の心配をしていた。ダーディーは、水は重たすぎるしたくさん飲まなくてもへいきだっていう。それでもパパは、わたしたちに余分《よぶん》に水をもたせた。

みんな壁《かべ》にもたれて床にすわってた。アーミルとわたしが片方に、パパとダーディーがそのむかいに。話せないのはおかしな感じ。とつぜんわたしはしゃべりたくてたまらなくなった。ふつうの子はいつもこんな感じなのかな？　パパにたずねたかった。この家と病院を離れるのはどんな気分？　こわくないの？　わたしたち、いつかもどってくるの？　アーミルとわたしは小声でほんのすこし話したけど、パパが口のまえに指を立てた。一時間たってもだれも話さない。話したくて口がむずむずする。話したらほんとうにだれかに聞かれちゃうの？　でもパパを怒らせたくなかった。

なんとかここに残れればいいのにって、ずっと思ってた。カジの小屋になん日か泊《と》まってから、そっと家にもどればいい。この望みのおかげで時間がたつのがすこしはやくなって、先にひっぱっていかれる感じがした。カジは外にすわって家をみはってる。カジといっしょにいたくてたまらなかった。

カジとパパは計画をたてた。危険を感じたらカジがドアを三回ノックして、わたしたちは裏の窓《まど》から出て小屋のうしろの物置《ものおき》まで走る。パパとダーディーが窓によじのぼって外に出るなんて想像できない。それを考えたら口のはしがあがってぴくぴくする。笑っちゃいけないのはわかってるのに。

数時間ごとにダーディーがローティーをひと切れとレンズ豆をくれて、ラディッシュとマンゴーひと切れといっしょに食べる。わたしはマンゴーを布のナプキンでつつんでとっておいて、寝るまえにぜんぶいちどに食べられるようにした。マンゴーをひと切れ食べると、その瞬間はしあわせになる。なん切れも食べたらしあわせが長つづきする。マットをしいて寝る準備をするときも、シロップみたいなマンゴーの果汁《かじゅう》の味が舌《した》に残ってた。アーミルがわたしの耳もとでそっとささやく。

「きょうは人生でいちばん長い一日だった」わたしは思いっきりうなずいて、アーミルのやせた肩にもたれかかった。ダーディーはあぐらをかいて、すごく小さな声でお祈りをとなえてる。パパはストレッチをする。わたしでも静かにしてるのがつらかったんだから、アーミルは爆発《ばくはつ》しそうだったはず。

本を読もうとしたけど、ぜんぜん集中できなかった。カジと話すチャンスを待っていた。乱暴《らんぼう》する人たちがこないか耳をすませてもいた。土をふむ靴《くつ》の音とか、近づいてくる叫《さけ》び声《ごえ》とか、たいまつのパチパチいう音とかが聞こえないか。カジがノックする音がしないか耳をすました。ママのことも考えたよ。ママがかいた、たまごをのせた手の絵のこと。もしかしたら、わたしたちがおなかにいるときにかいたのかな。ママはおなかが大きくて、家の窓はぜんぶあいてて、そよ風が部屋を通りぬけていく。あの絵をかいてるとき、ママはいちばんしあわせだったのかも。あとにも先にも、そんなにしあわせなときはなかったのかも。

けさは雲のすきまから太陽がのぞきはじめたころに出発した。アーミルはそわそわしてわたしをみた。くちびるをかんでいる。ダーディーがわたしたちの手をそっとたたいた。「だいじょうぶだよ。パパがむこう側までちゃんとつれていってくれるからね」

わたしはむこう側なんていきたくなかった。むこう側って聞くと、死んだ人のことを思いうかべる。病院でパパが助けられなかった人たち。ママ。ママはむこう側にいる。わたしたちはまだこっちにいる。

「カジはどこ?」一列になってドアから出ながら、アーミルがパパにそっとたずねた。

「さよならはいちどでじゅうぶんだろう」パパはかすれ声でいった。それからみんなで土の小道を歩いて家をすどおりした。わたしは家をちゃんとみる勇気がなくて、横目でちらっとみただけ。

最後にいちどだけカジの顔をみたかった。カジはわたしに腹をたてるかな？　ちゃんとさよならをいわなかったから。いっておくべきだった。またチャンスがあると思ってたけど、なんてバカだったんだろう。バッグのなかのすりばちとすりこぎに手を押しつけてみる。もうこれしか残ってない。音をたてないでそっと泣いた。肩だけがふるえる。そしてまたぜんぶのみこんだ。

街《まち》はとおらなかった。あぶなすぎるからって。とげのある草がぼうぼうにはえた野原を歩いてるうちに、砂漠《さばく》につながるもっと歩きやすい道をみつけた。まえにもうしろにも人がいっぱい。牛車《ぎっしゃ》に荷物を山づみにしてる人もいる。ラクダにのってる人もいる。わたしたちは、まわりのだれよりも荷物がすくなかった。たくさんもってるのは水だけ。それぞれ大きなびんを一本もってて、なん日かはだいじょうぶ。パパは二本もってる。

出発するまえにパパにいわれた。下をむいて歩いて、相手がだれでも話さないこと。ダーディーがわたしのそばを歩いた。できるだけショールで顔をかくしてなさいっていう。わたしはもう大きくて、知らない男の人は信用できないからって。ダーディーにはいわなかったけど、どっちにしろわたしが信用してるのは世界に四人しかいない。パパ、ダーディー、アーミル、カジ。それにママ、ママも信用してるよ。

いまはほんとうにお話のなかにいるみたい。こんな話、いろいろ聞いたことがある。服と食べものだけせおって、戦争で故郷から逃げた人たちの話。いまはわたしたちがその人たちだ。じっさいには起こってないけど、戦争みたいなものだと思う。うその戦争みたい。わたしがふみだす一歩一歩に実感がない。足が地面にふれてないみたいで、自分が自分のからだのなかにいないみたい。チェスのセットはおいていかなきゃいけなかった。古い人形のディーも。二歳のときにディープーおばさんからもらったから、おばさんのことを思いだすためにディーって呼んでた。歩きながらディーのことを考えた。ぼろぼろになったオレンジとゴールドのサリーと、赤い小さなくちびるのこと。耳には小さな金のイヤリングまでぶらさがってて、おでこには緑のかざりがついたビンディもついてる。とつぜんディーのことがとても恋しくなって、胸が痛くなった。十歳のときから遊んでなかったのに。部屋のわたし側のすみっこにすわってて、わたしとアーミルをみまもっていた。あたらしい女の子がディーをみつけたら、たぶんその子のものになる。

　荷物をもって一口じゅう歩いた。ダーディーはあまりはやく歩けないから、みんなゆっくりすすむ。一日に最低でも十六キロ、できればもっとすすまなきゃいけないってパパはいう。だいたい四時間ぐらいの距離《きょり》だけど、休みながらだとたぶん五時間か六時間近くかかる。一日めのきょうは休みをとりながらゆっくり七時間歩いたから、たぶん二十四キロぐらいすすんだ。水は一時間ごとにすこしずつしか飲んだらいけないってパパはいう。たいへんだったけど、飲んでいいっていわれたときだけすこし飲んだ。アーミルがひと口かふた口こっそり飲むのをみたけど、わたしはだまってた。

　こんやは砂漠のなかのしげみのそばにパパが寝る場所をみつけた。大きな岩のとなりで、ほら穴みたいになってるところ。ほかにも夜をこす家族がいたけど、パパはその人たちにあまり近づきたがらなかった。パパはひとりでいるのが好き。うちには人があまり訪ねてこなかった。なかのいい友だちはアーメド先生だけだと思う。パーティーは好きだけど、病院から帰ってきたらなにもしないで静かにゆっくりすごしたがる。人と楽しくすごすよりも人の病気をなおすほうが好きなんだと思う。

荷物をおろして、パパが火をおこすのを手伝った。動物や虫をよせつけないようにするため。わたしとアーミルでちょうどいい枝《えだ》や枯《か》れ葉《は》をみつける。パパが枯れ葉の山のうえに枝をつみかさねて、うちからもってきたマッチで火をつけた。みんなすわって、火が葉っぱを食べるのをみる。小さな炎《ほのお》の舌が、ちろちろと枝をのぼっていく。火ってふしぎ。目を離せない。

火がよく燃えだしたら、夕食をあたためた。またローティーとダール。なべはひとつしかない。ローティー、ダール、ナッツ、ドライフルーツがたくさんあって、乾燥《かんそう》したエンドウ豆、レンズ豆、お米の袋《ふくろ》がいくつかある。

「パパ」地面にすわって乾燥したローティーをもぐもぐしながら、アーミルがいった。「食べものって、そこにあるのでぜんぶ？」アーミルはパパがもってきたバッグを指さす。「あと水がなくなったらどうするの？」

「だいじに飲むんだ。一時間にいちどだけな。そのうち水をくめる場所がみつかるだろう」

「でも、もし」アーミルがなにかいおうとしたけど、パパはくちびるに指をあてた。

「一時間にいちどだ。そのうち水をくめる場所がみつかる」

「こんなになにもないとこで？」アーミルは腕《うで》をぐるりとまわした。

パパはアーミルをにらみつけた。目のなかで火の光がおどっている。アーミルはやっと口を閉じて火の番をした。サソリがいないかたしかめてからすわる。寝るときのために、みんながはいれる大きな蚊帳《かや》ももってきた。動物や人に盗《ぬす》まれないように、水と食べものはきちんとびんとバッグにいれて、持ちものをぜんぶ近くにおいておかなきゃいけない。しばらく火をかこんですわっていて、ダーディーが歌をうたった。ダーディーの高い声が、ちょうちょうみたいに空気にまとわりつく。アーミルは枝を使って砂に絵をかいた。パパにみられたくなくて、みんなのまえで日記帳を出すのはいやだったけど、もうくせになってるから、夜になると指がむずむずしはじめる。まわりが暗くなると、むずむずがおそってきた。バッグから日記帳とえんぴつを取りだす。

パパがみてる。わたしはまたすわって書きはじめた。

「それはなんだ、ニーシャー?」パパがたずねた。

「日記帳」小さな声で答えた。

「日記帳?」パパがすごく真剣な顔になる。

わたしは日記帳をぎゅっとにぎりしめた。「カジがくれたの」おとなが書けないことをぜんぶ書いておきな、っていうカジのことばの意味がいまはわかる。

パパは横をむいた。やさしい顔になっている。

「そうか、ならつづけなさい。でもはやめに切りあげるんだぞ。休まなければいけないからな」

「うん、パパ」えんぴつを紙に押しつけると、ゾクゾクが腕につたわってくる。そしてこれを書いた。

ニーシャーより

＊

一九四七年八月二十日
ママへ
　水がなくなりそう。まだすこしはだいじょうぶだけど、アーミルが自分のとダーディーのをこぼしちゃったから。けさ荷物をまとめながらアーミルがびんを二本運ぼうとしたとき。パパがアーミルをせっついて、もっと荷物をもたなければいけない、もうおとなも同然なんだから、ダーディーの荷物ももちなさいっていった。でもアーミルは針金《はりがね》みたいにガリガリで、ぽっきりふたつに折れる小枝みたいなんだよ。ダーディーのほうがたくさん荷物をもてるはず。いわれたとおりにアーミルが自分とダーディーの荷物をせおって、水のびんとマットをふたつずつ運んでたら、びんを落っことしてふたがはずれた。最初は気づいてもいなかったけど、わたしが気づいた。水がゴボゴボ音をたてるのが聞こえてそっちをみたら、かわいた地面に小さな川ができてた。
「アーミル！」大声をあげて水のところにかけよった。砂っぽい地面にびんを立てて、ふたをひろってすぐにはめた。すばやく動いたら、こぼれた水がびんにもどるとでもいうみたいに。ダーディーとパパはみてるだけ。アーミルの顔をみあげると、口をぽかんとあけている。目をまんまるにしてとほうに暮《く》れてて、胸が痛くなる。アーミルはけられるまえの子犬みたいな目でパパをみた。わたしは立ちあがって、ほとんどからっぽになったびんをもってアーミルのまえに立った。ふたりのあいだにはいって、パパとむきあう。

パパがゆっくりこっちに歩いてくる。アーミルはうつむいた。パパの口は細い一本の線になっている。わたしの手からびんをとって、地面においた。無言のままほかのびんもならべて、それぞれからすこしずつ水をそそいで、ぜんぶおなじ量にする。そしてびんをわたしたちに返した。

「もうこぼすんじゃないぞ。このなかには命がはいっている。そのつもりであつかいなさい」歯を食いしばってパパはアーミルにいった。

アーミルはうつむいたままうなずいた。「ごめんなさい、パパ」アーミルの目に涙《なみだ》がこみあげる。わたしは全身がぴんとはりつめた。泣かないでアーミル。お願いだから泣かないで。アーミルはいつもわたしよりたくさん泣く。小さいころはよくかんしゃくを起こした。おもちゃがこわれたり、ごはんを食べおわるまですわっていなさいってダーディーにいわれたりすると、足をふみ鳴らしながら泣きわめくから、パパの顔がどんどん赤くなっていった。

どうしてアーミルはわたしみたいにパパのことをこわがらないんだろうって、ずっとふしぎだったけど、自分ではどうしようもなかったんだと思う。けっきょくパパがアーミルをひざのうえにのせて、おしりをかるくたたく。そんなに痛くないのはわかるけど、アーミルはいつもおとなしくなった。そうするとパパの顔から力がぬけて、目に後悔《こうかい》がうかぶ。アーミルは立ちあがって、おしりをはたいていすにすわって、ようやくごはんを食べたりおもちゃをひろいあげたりする。でもそれはずっとまえの話。いまはアーミルもかんしゃくを起こさないほうがいいってわかってる。

「どうしてあんなことするの？」まだおなじベッドで寝てた小さいころ、たずねたことがある。

「あんなことって？」

「パパを怒らせること」

「わかんないよ。ぼくが泣くとすごい目でみてくるんだもん」

「パパはアーミルをたたいたあと、いつも後悔してるでしょ」

「それがいちばん楽しいところじゃん」

いまもパパは怒ってて、アーミルをたたくつもりなのかな？

「おまえが申しわけないと思っているのはわかっている」パパがいったのはそれだけ。そしてアーミルの顔に流れはじめた涙をさっとぬぐった。「泣くんじゃない。水分はぜんぶからだにとっておかなくちゃいけない」

最初はほっとして、そのまま道をすすんでいた。でもパパがたたかなかったから、わたしのなかでアーミルへの怒りが爆発した。どうしてもっと気をつけないの？　すぐに水をくめなかったらどうするの？　でもアーミルにはいえない。いったらパパみたいになっちゃう。わたしはパパみたいになりたくない。ママみたいになりたい。あかるくて上品で、きれいなものをつくって、いつもやさしい人。ママはそんな人だったはず。写真をみたら、目をみたらわかる。カジみたいになりたいときもある。キッチンで野菜、スパイス、ナイフにかこまれて安心してすごす。自分のかわりに食べものに語ってもらう。パパのことは大好きだけど、パパみたいにまじめで悲しい人にはなりたくない。でもたぶんわたしはパパにいちばんよく似てる。アーミルはママに似てる？　アーミルはあまり上品じゃないけど、悲しそうにしてることはほとんどない。悲しいときでも楽しい気持ちがしのびこんできて、足がぴょんぴょんはねて目がきらきらしはじめる。いつだって楽しいエネルギーのほうが大きい。わたしはその反対。

きょうは飲む水をへらそうとして、わたしはのどがかわきはじめた。あついところにおいたゼリーみたいに、足がぷるぷるふるえだす。マンゴーの果樹園《かじゅえん》をみつけて、それぞれ実をバッグにいくつかいれた。一日ふたつしか食べたらだめだってパパがいう。わたしはひとつ食べて、もうひとつはとっておいた。歩いてると背中のマンゴーがずっしり重たい。どこかの岩のそばでひと休みしたとき、とっておいたきょうのぶんのマンゴーをついに食べた。歯で皮に切れこみをいれて、手でむいてかぶりつく。つんとしたにおいがする濃《こ》い果汁《かじゅう》が口いっぱいにひろがって、からだがゾクゾクする。熟《じゅく》したやわらかい果肉《かにく》に歯がしずむ。なん日もまえのローティーとダールしか食べてなかったし、水もあまり飲んでなかったから、まるでハチミツとバターでつくったフルーツカスタードを食べてるみたい。そこでずっとマンゴーを食べながらそよ風にふかれて休んでたかった。たったひとつの故郷から逃げてるんじゃなくて、夏休みの旅行をしてるみたいに。

カジはいつもマンゴーを四つに切った。まんなかの大きな種《たね》のひらべったい面にそって大きいのをふた切れと、種のへりにそって小さいのをふた切れ。アーミルとわたしは種をとりあう。ふたりとも種についた果肉をしゃぶるのが大好きで、食べたあとは手と顔がべとべとになる。

たぶん三十キロぐらい歩いた。ローティーとダールはほとんど食べちゃったけど、まだお米と乾燥したエンドウ豆とレンズ豆がある。ねえママ、ラーシッドおじさんのところについたら親切にしてもらえるかな？　いまおじさんに会うのって、すごくふしぎ。ちょっとわくわくして、ちょっとこわい。おじさんはパパのことをきらいかな？　百キロちょっと離れたところにずっとママの弟がいたなんて知らなかった。

すわってこれを書いてるあいだも足がヒリヒリする。はき古した革のサンダル一足しかないから。ひんやりした葉っぱで水ぶくれをおおっても、すぐにはがれちゃう。ヒリヒリする足でふんでるのがもうインドじゃなくてパキスタンっていう場所だってこと、やっぱりすごくへんな感じ。荷車に山づみにしたり背中にせおったりして、いっぱいものを運んでる人たちがかわいそう。たくさんもっていこうとしすぎだよ。

国境《こっきょう》をこえたらすぐに仕事をみつけられるってパパはいう。お医者さんはいつでも必要とされてるからって。パパの兄弟がジョードプルに家を用意してくれていて、むこうについたらあたらしいものもそろえるんだって。だからほとんどなにももってこなかった。パパがお医者さんでよかった。いま運がいいって思えるのはそれだけ。マットのうえで眠ろうとして、あおむけで蚊帳のむこうの晴れた空をじっとみる。のどは砂ぼこりの味がする。

ニーシャーより

＊

一九四七年八月二十一日
ママへ
きょうは起きたらすごく調子が悪かった。舌が口のてっぺんにくっついてた。頭がガンガンする。指がぴりぴりする。からだを起こそうとしたら、砂がつまってるみたいに腕と足が重かった。

「アーミル」ひじでつついて起こした。「具合《ぐあい》悪くない？」

アーミルはわけのわからないことをもぐもぐいった。パパも目をあけていて、わたしたちはいつもとまったくちがう感じでおたがいをみつめた。お父さんと娘じゃなくて、おびえているただのふたりの人間みたいに。いきなりパパがパパじゃなくて、ひとりの人にみえた。まるでひみつのドアがひらいたみたい。パパがまばたきすると、いつもとおなじにもどった。

マットのうえをはって、また眠ったアーミルの横をとおりすぎて、パパのとなりにひざをついた。パパは手をわたしの肩においていった。

「きょうは水をみつけるぞ」

わたしはうなずいた。どうやってみつけるのかたずねたかったけど、手をどかされたくないからだまってた。でもパパは手をはなしてしまった。水がなかったら、きょうは十六キロも歩けない。びんには二、三口ぶんしか残っていない。

「口のなかがかわいているか？」マットのうえにあぐらをかいたパパにたずねられた。

「あんまり」ガラガラ声でつぶやいて顔をそむけた。

パパは身をのりだしてきて、口をあけなさいっていう。いわれたとおりにした。パパはのぞきこんで、力強い指でわたしの顔の両側をおさえながら、口のなかをしらべる。まぶたをめくって目もたしかめる。脈《みゃく》をとって、手の甲《こう》の皮をかるくつまんだ。

「おまえはだいじょうぶだ」パパはいった。「もう一日はもつ」

一日たったら、そのあとは？　知りたくない。パパはアーミルのところへいった。肩をゆさぶったけど、アーミルは目を閉じたままうなり声をあげるだけ。

「アーミル」パパは大きな声で呼んだ。

アーミルはもぞもぞ動いてパパのほうをむいた。ダーディーもきて、アーミルの肩のそばにしゃがみこむ。

「からだを起こしなさい」パパがきびしい声でいった。

アーミルはパパをみてまばたきするだけ。

「からだを起こせ」パパの声がいっそう大きくなる。

アーミルはなんとか起きあがった。

「気持ち悪い」しゃがれ声でアーミルはいう。肌《はだ》はカサカサで目はくぼんでる。パパはわたしにしたのとおなじことをぜんぶしたけど、アーミルにはもう一日もつっていわなかった。

「まだ水は残っているか？」アーミルにたずねた。アーミルは首を横にふってうつむく。いたたまれないって感じで肩をまるめて。指を砂につっこむ。線を一本ひいて、もう一本ひく。たちまち木の絵になった。

パパは自分のびんをアーミルにわたした。アーミルは首をふる。

「飲みなさい。飲まなくちゃいけない」パパはびんをアーミルに押しつけて、絵をかいてるアーミルの手をぴしゃりとたたいた。

「パパ」アーミルはびんを受けとって、それをすこしふった。「ひと口ぶんしか残ってないよ。

パパの水なんだから飲めないよ」

「ばかなことをいうな」パパはいった。「飲みなさい」

アーミルは小さなひと口で飲みほした。「ごめんなさい、パパ」アーミルはまたうつむいた。

自分がかいた木の絵をじっとみる。

わたしは自分のバッグのところへいって、最後のマンゴーを出してアーミルにわたした。

「自分のぶんはまだあるか?」パパはアーミルにたずねた。アーミルはうなずく。みんなひとつずつ残していた。

「いま食べよう。またきょうみつければいい。ニーシャーは自分で食べなさい。アーミルも自分のがあるから」

「それに水もだね」ダーディーがいう。「水をみつけなくちゃ」ダーディーの声もガラガラ。

ダーディーをみたら、顔が青白くて目のまわりがくぼんでいる。かわいそうなダーディー。いつもならお気にいりのいすでゆっくりして、パパのシャツをつくろいながら小声でうたってるはずなのに。口に出す勇気はないけど、わたしはリーダーたちにすごく怒ってる。ジンナーとかネルーとか、いろんなことをよくわかってるはずで、わたしたちをまもってくれるはずで、こんなことが起こらないようにするはずの人たちに怒ってる。それをとめられなかったガンディーにも怒ってる。

パパは元気そう。ぜんぜん弱ってない。ていうか、これまでいちども病気になったことがない気がする。どうしたらそんなふうになれるの?　おとなになってからずっと仕事で病気にふれて

郵便はがき

料金受取人払郵便

麹町支店承認

6246

差出有効期間
2024年10月
14日まで

切手を貼らずに
お出しください

１　０　２ - ８　７　９　０

１　０　２

［受取人］
東京都千代田区
飯田橋２－７－４
株式会社 作品社
営業部読者係　行

【書籍ご購入お申し込み欄】

お問い合わせ　作品社営業部
TEL 03(3262)9753／FAX 03(3262)9757

小社へ直接ご注文の場合は、このはがきでお申し込み下さい。宅急便でご自宅までお届けいたします。送料は冊数に関係なく500円(ただしご購入の金額が2500円以上の場合は無料)、手数料は一律300円です。お申し込みから一週間前後で宅配いたします。書籍代金(税込)、送料、手数料は、お届け時にお支払い下さい。

書名	定価　　円	冊
書名	定価　　円	冊
書名	定価　　円	冊
お名前　　TEL　（　　）		
ご住所　〒		

フリガナ
お名前

男・女　　　　歳

ご住所
〒

Eメール
アドレス

ご職業

ご購入図書名

●本書をお求めになった書店名

●ご購読の新聞・雑誌名

●本書を何でお知りになりましたか。

イ　店頭で

ロ　友人・知人の推薦

ハ　広告をみて（　　　　　　　　）

ニ　書評・紹介記事をみて（　　　　　　）

ホ　その他（　　　　　　　　　　）

●本書についてのご感想をお聞かせください。

ご購入ありがとうございました。このカードによる皆様のご意見は、今後の出版の貴重な資料として生かしていきたいと存じます。また、ご記入いただいたご住所、Eメールアドレスに、小社の出版物のご案内をさしあげることがあります。上記以外の目的で、お客様の個人情報を使用することはありません。

きたのに。じつはパパは人間じゃなくて、わたしたちをみまもってる神さまなのかも。パパの名前〝スレーシュ〟はビシュヌ神のもうひとつの名前だし。ビシュヌはいちばんえらい神さまで、みんなをまもってくれる。わたしとアーミルの体調をたしかめたときにパパの目が心配そうだったのは、そんなふりをしてただけなのかも。ママはパパのこと、そんなふうに考えたことある？

わたしのびんに残った最後の水を飲みなさいってパパにいわれた。わたしはひと口飲んで、びんをダーディーにわたした。

「だめだめ、いらないよ、いい子だね」ダーディーはわたしの腕をぽんぽんたたいた。「あたしのもまだすこし残ってるから」

でもダーディーは自分のびんから水を飲まなかった。わたしはびんをパパにさし出した。

「飲みなさい」厳《きび》しい目でパパがいうから、そのとおりにした。水がとくとくのどをとおっていくけど、ぜんぜん足りない。いま考えられるいちばんすてきなことは、バケツいっぱいのきれいでつめたい水を飲むこと。マンゴーを食べたけど、舌の感覚《かんかく》がなくてほとんど味がしなかった。ねっとりした感じがくちびるに残る。もっと水が飲みたくなった。

みんな無言で荷物をまとめる。いつもはわたしがだまっていて、まわりで家族がさわがしくする。アーミルがおしゃべりして、ダーディーがうたったりお祈《いの》りしたりして、パパがあれこれ指示をする。そういう音がわたしは好き。それにキッチンではカジがわたしに話しかける。答えなくても気にしないのは、うちのなかではカジだけで、そのおかげで話したくなる。いまはしんとした空気がみんなをもやみたいにおおっている。マットをまるめて荷物をバッグにつめて、どっちも背中にせおった。ダーディーがみてないときに、わたしはダーディーのびんを持ちあげてふってみた。もうからっぽだった。

やっぱり荷物がすくなくて助かったけど、水だけはべつ。水は荷馬車にいっぱいもってこなきゃいけなかった。うちにいるときは水のことなんて考えなかった。水を運ぶバーダルが、井戸から丘《おか》をのぼって毎日うちにとどけてくれる。肩にのっけた大きな棒《ぼう》に革《かわ》の袋《ふくろ》がふたつぶらさがってた。楽しそうに口ぶえをふきながら丘をのぼってきて、まるで鳥の羽根でも運んでるみたい。どれだけ重たいか、毎日それを運んでくれる人がいるのがどれだけしあわせか、考えたことがなかった。はずかしさがからだのまんなかからじんわりひろがってきて、もっと気分が悪くなった。

もう水のことしか考えられない。のどがかわいてるだけじゃない。出発してからいちどもからだを洗ってない。あか、ほこり、汗のまくができて、まるでうぶ毛でおおわれてるみたい。足には泥《どろ》がこびりついている。歯はアプリコットの皮みたいに感じる。ふしぎなんだけど、もうトイレにもいきたくならない。水のことは考えないようにしながら、バッグとマットを持ちあげてせおった。おなじほうへむかって歩く家族がとおりすぎていく。女の子と目があった。わたしよりいくつか年下で、髪《かみ》も服もくしゃくしゃで汚れてる。おびえた小さな動物みたいで、荷物に押しつぶされそう。むこうからは、わたしもそんなふうにみえたはず。

パパはとおりすぎていった家族のまえへいって、そのなかにいる男の人のほうをむいた。いつものしっかりした、でもやさしいお医者さんの口調で話してるんだと思う。とんでもないことになってても、なんの問題もないと感じさせる口調で。パパはわたしたちのほうを指さして、また男の人のほうをむいた。男の人が小さく首を横にふって、パパはこっちへもどってくる。

「なにを話したの、パパ？」好奇心《こうきしん》でアーミルは一瞬《いっしゅん》だけ元気をとりもどした。

「水をもらえないかたのんだんだ。食べものと交換《こうかん》にな。だがすこししか残っていないし、子どもが四人もいるからって。ここから歩いて一時間のつぎの村に水道があるらしい」

「あの人、どうしてそんなこと知ってるの？」アーミルがたずねる。

「頭を使いなさい。村にはかならず水がある」

アーミルはもうなにもたずねなかった。アーミルへのパパの接しかたをみて、なんだかほっとした。いつもとおなじで、うっとうしいハエみたいなあつかい。パパがアーミルにもっとやさしくしてくれたらいいのに。アーミルはああでしかいられないんだから。でもたぶんパパもおなじなんだと思う。たぶんみんなおなじ。ほかの人よりじょうずに自分らしくいられる人がいるだけ。

みんなもくもくと歩きつづけた。パパが先頭で、わたし、アーミル、ダーディーが一列になってすすむ。まえにもうしろにも人がいる。足もとの土はかたい。太陽の光がさんさんとてりつけてきて、からだがいっそうかわいていく。カジのことと、乾燥させたアプリコット、マンゴー、トマトのことを考えた。うすく切って日にほしてカジがつくってた。わたしはドライフルーツのかみごたえと味が大好き。純粋《じゅんすい》で太陽がいっぱいで、水がないからそのままの風味《ふうみ》がわかる。アーミルはドライフルーツを食べたがらない。お年寄りの肌を思いだすからって。わたしたちがマンゴースライスみたいにしぼんだところを思いうかべた。

アーミルがついてこられるように、わたしは歩くスピードをすこし落とした。ちらっとうしろをみる。アーミルの足どりには、いつもの元気がない。

「だいじょうぶ?」小声でたずねて肩にふれた。

アーミルはうなずく。目がどんよりしてる。

「ほんと?」胸がすこしドキドキする。

アーミルはまたうなずく。

「だいじょうぶじゃなかったらいってね」

「ニーシャー」歯を食いしばってアーミルはいった。「そういうのやめて」

わたしは口を閉じて、アーミルのまえじゃなくてとなりを歩いた。

アーミルがゆっくり歩くからパパにおくれをとってるけど、わたしは気にしない。アーミルの歩くスピードにぴったりあわせて、まったくおなじタイミングで足が地面については離《はな》れるようにする。それをゲームにして、足音は頭のなかで聞こえる歌のビートになる。むかし聞いた古い歌、小さいころ寝るまえにダーディーがうたってくれた歌。アーミルはダーディーといっしょにうたって、静かにしなさいっていわれてた。いっしょにうたってたら眠れないでしょうって。わたしもアーミルに静かにしてもらいたかった。ダーディーの声だけ聞きたかった。ときどき目を閉じて、ママがうたってるって思いこもうとした。でもアーミルがうたうのをやめるのは数秒だけで、すぐにまたうたいだす。アーミルがうたうのをずっと聞いてないのに気づいた。どうしたらまたうたってもらえるんだろう。

ニーシャーより

＊

一九四七年八月二十二日
ママへ
みんな調子がよくない。書く力がないけど、もしここで死んだら、わたしたちが経験《けいけん》したことをだれかに知ってもらいたい。わたしたちの苦しみに解決策《かいけつさく》はない。雨がたくさんふる季節なのに、ここではあまりふらない。出発するまえにふって、いちばん必要ないま、空はわたしたちののどとおなじくらいカラカラ。なんども空をみあげて黒い雲をさがすけど、みえるのはまぶしいほどの青だけ。ママ、わたしたちに雨を送ってくれない？

パパはやっぱりビシュヌ神じゃないみたい。村に近づくと叫び声や泣き声が聞こえてきた。ポンプまで長い列ができている。いちばんうしろにならんで、パパは列のまえのほうに目をやった。

「ここにいなさい」パパはいう。「ようすをみてくる」

パパが歩いていく。聞こえてくる声がどんどん大きくなって、どなり声がして、それからかん高い叫び声があがった。なにがあったのか、みんながみようとして列がくずれる。

みにいこうとアーミルが歩きだした。

「そっちへいっちゃいけないよ」ダーディーがうしろから呼びかけたけど、アーミルはそのまま歩いていく。

「アーミル！」わたしも呼んだ。でも振《ふ》りむいてくれない。ダーディーといっしょに列に残ったけど、わたしもみたかった。

「ダーディー、もっと近くへいかない？」ダーディーにささやいた。ダーディーは痛いぐらいぎゅっとわたしの手をにぎった。

「ばかなことをいうんじゃないよ」ダーディーもささやき声で答えたけど、首をのばして人ごみのむこうをみようとしてる。またどなり声が聞こえる。アーミルがゆっくり歩いてもどってきた。いつもなら興奮《こうふん》して飛びはねながら走ってくるはずだけど、アーミルもわたしとおなじなら立ってるだけでしんどいはずだし、アーミルのほうが体調が悪いのもわかってる。アーミルの目はぼんやりしてるけど、その奥におびえた光がみえた。

「ナイフで腕を切りつけられて、水を盗まれた人がいるみたい。パパが血をとめようとしてる」

ダーディーは口に手をあてた。わたしが考えてたのは、血を流してる男の人のことじゃない。ナイフのことでもない。あのねママ、わたしが考えてたのはね――パパがその人を助けたら水をもらえるはずってこと。水をもって逃げた人がうらやましかった。のどのかわきのせいで、わたしはそんなふうになってしまった。

アーミルとダーディーも、わたしとおなじことを考えてたのかな？　そんなことはたずねられなかったけど。そのとき、ちょっと先にそれがみえた。地面においてある大きな容器《ようき》。そばにはだれもいない。地面にしっかり立っていて、重たいのがわかる。たぶん水がいっぱいはいってる。わたしはちょとずつそっちに近づいていった。たっぷりひと口飲んで、アーミルとダーディーにもすばやくあげられたら、また一日生きられる。じりじり近づいて、あと三十センチってところで手をのばした。するとこっちにとんでくる足がみえて、男の人が容器を持ちあげて砂ぼこりがあがった。わたしはよろよろうしろにさがって、男の人はうなり声をあげた。ほんとうにうなり声をあげたんだよ。わたしはおびえたネコみたいに動けなくなって、ダーディーにひっぱられて列にもどされた。

「ニーシャー、いったいなにをしてるんだい？　離れちゃいけないよ！」わたしはこわくてダーディーのとなりでじっとしてた。

列がすすんでポンプに近づいた。アーミルがまえをゆっくり歩いている。そのときパパがみえた。男の人のそばにしゃがみこんでて、土には血が飛びちってる。パパは傷口にシャツをまいていた。男の人は首をうしろにかたむけて目を閉じている。となりに立ってる女の人は赤ちゃんをだっこして泣いてて、ショールで目をぬぐっている。ポンプの水がなくなった。男の人がなんども必死にポンプを押すけど、なにも出てこない。離れていく人もいる。

わたしはパパが手あてしている男の人をじっとみて、まわりに水の容器がないかさがした。けがをした男の人はあいたほうの手でそれをしっかりつかんでいる。ポンプのところへいって、あきらめきれずに水が出ないかためす人もいる。まえの人がやってなにも出なかったのに。傷の手あてが終わったあと、パパはわたしたちのほうを指さして、水をひと口もらえないか男の人にたのんだ。わたしはまえにすすみでて、口をほんのすこしひらいた。水がのどをすべり落ちるのを想像する。男の人はわたしをみて、それからアーミルとダーディーをみた。そしてすぐに立ちあがった。「これしかないから」そういって水の容器をつかんで、足をひきずりながら全速力で離れていった。女の人と赤ちゃんもあとについていく。
わたしはその人の肩をつかみたかった。水をくれないなんておかしいよ！　パパが助けてなければ、血を流して死んでたかもしれないのに。とっちゃいなよパパ、って叫びたかった。とっちゃいなよ。でもわたしは下をむいて、土にしみこんだ血をじっとみつめた。

ニーシャーより

＊

一九四七年八月二十四日
ママへ
死ぬことなんて、これまでほんきで考えたことがなかった。ていうか、ほかの人が死ぬのは考えたことがあるけど、自分がいなくなるのは考えたことがなかった。考えたことくらいあるでしょってママは思うかも。だってわたしは、病院のベッドで死ぬ人をたくさんみてきたから。目をぐるりと天井《てんじょう》にむけて、口をぽかんとあけて死んでいく人たち。死んだあとシーツをかぶせられるのもみた。お葬式用《そうしきよう》のベッドに横たわって花でおおわれて、家族に押されて通りを火葬場《かそうば》へむかっていくのもみた。二年まえに心臓発作《しんぞうほっさ》で死んだパパのいちばんうえのお兄さん、ヴィジャイおじさんが白い布でおおわれてるのもみた。昼寝中の人みたいにおだやかで、命のないからだのまわりにオレンジと黄色の花がていねいにおかれて火葬された。
でもきのうの朝、わたしたちはみんな死ぬんだと思った。まずアーミルで、それからダーディー、それからわたし、そしてパパ。その順番だと思った。静かな夜の炎みたいに、ふっと消えていくんだろうって。頭のなかはインクみたいな黒でいっぱいで、箱に閉じこめられたみたい。たった五日まえにはカジの小屋で眠ってたのに。カジ。いまはなにをしてるんだろう？　考えると胸がちくちくする。

村を出たあとは、みんなとてもからだが弱ってってあまり歩けなかったから、木陰《こかげ》をみつけて横になった。ときどきパパがわたしたちの皮をつまんで脈《みゃく》をとって、空中をじっとみつめる。ダーディーはお祈りをぶつぶつとなえて、わたしの髪を編《あ》みなおした。アーミルはマットにあおむけになって空をみつめてる。つるつるの小石を手にもってて、それをしきりにひっくり返す。ときどき目を閉じるから、わたしはなんども小石をたしかめた。しばらく手をとめていてもまたひっくり返しはじめて、ドキドキしてたわたしの心臓は落ちつく。ぼうっとしたアーミルの顔をみたら泣いちゃうから、手の小石だけみていた。こんなにじっとしてておとなしいアーミルなんて、みたことない。

もうのどがかわいてるのすら感じない。なにも感じられない。まっ暗ななかでパパに起こされて気がついた。空気がひんやりしてる。ひらべったくてほこりっぽい陸《りく》のむこうをみると、地平線のうえに青い光がぼうっとみえる。夜があける最初のしるし。パパはまたマンゴーをみつけてきていた。いつのまに？　パパがマンゴーの皮をむく。

「食べなさい」パパはいって、わたしたちひとりひとりに手わたす。「食べなくてはいけない。果汁《かじゅう》をすうんだ」

つるつるすべるマンゴーを手にとってそっとかんで、赤ちゃんみたいにすった。パパは片手でアーミルをささえて食べさせなきゃいけなかった。アーミルの目はぼんやりしてる。のどがぎゅっと締《し》めつけられる。アーミルのところにはっていって、ガリガリのつめたい手をにぎった。アーミルがいなくなったら、わたしは二度と口からことばが出なくなると思う。

マンゴーを食べおわったあと、パパは小さな輪になってるわたしたちのまえにしゃがんで、こっちをむいた。

「いいか」ガラガラになった声でパパはささやいた。「ここから一・六キロのところにべつの村がある。いますぐ出発しよう。最後の力をふりしぼるんだ」

みんなうなずいた。よろよろ立ちあがって、なんとか荷物をまとめる。わたしはふくらはぎがひどくけいれんして地面にへたりこんだ。きのうからけいれんするようになったんだ。アーミルとダーディーもけいれんしてた。なぜかパパはだいじょうぶだったけど、かくしてるだけかも。足をよくまげて筋肉《きんにく》をさすればよくなるってパパはいう。パパにささえられて立ちあがろうとしたとき、アーミルはかがみこんでマンゴーを吐いた。

ダーディーがパパのところへいって、耳もとでなにかささやいた。ダーディーは首をふる。パパがうなずく。ふたりはまたなにかささやいたけど、わたしには聞こえない。パパが手助けしてアーミルをまたすわらせる。足をさすってたら、わたしのけいれんはおさまった。

「おまえたちは歩けないだろう。ここでダーディーと休んでいなさい」パパはわたしとアーミルにいった。「父さんが水をもってもどってくる」

でも、もどってくるまえにわたしたちが死んだらどうするの？　わたしはたずねたかった。こんなふうに死にたくない。いい死にかたってあるのかな？　すごく年をとって、愛してくれる人みんなにかこまれて、もうじゅうぶん生きたからって心臓がそっととまるとか？　でも、わたしたちはまだじゅうぶん生きてない。ママだってそうだったんだよね。いまは大声で泣き叫んでてもおかしくないはず。でもそんな気にならない。もうからだになにも残ってない。

パパはわたしたちをじっとみて、わたしのほっぺに手をあてた。またアーミルの脈をとって、アーミルの手をにぎる。そしてダーディーをみた。

「アーミルに声をかけつづけてほしい。マンゴーをすこしだけしゃぶらせてみてほしいが、あげすぎるのはよくない」

それから水のびんを二本もって、大通りのほうへ歩いていった。

「アーミル」わたしはアーミルのとなりに横たわった。「数をかぞえようよ」アーミルはほんのすこしこっちをむいた。「パパが村まで歩いてもどってくる歩数をかぞえよう。すぐに帰ってくるよ。水をもってきてくれる」

わたしはそっとかぞえだした。アーミルは大きな黒い目でわたしをみる。わたしの心は、うちにいたずっとむかしの夜にもどる。その夜、アーミルはいやな夢《ゆめ》をみたんだと思う。ギャッていって起きあがった。たぶん七歳ぐらいのころ。わたしも起きてアーミルのとなりにすわった。アーミルはまた横になって、わたしはアーミルの手をにぎった。そして、かぞえられるところまで数をかぞえようっていった。「数のことだけ考えてたら、ほかのことは考えないでしょ」ふたりで数をかぞえて、アーミルはこっちをみてまばたきする。そのうちアーミルはまた眠った。そのときからアーミルがいやな夢をみるたびに、いっしょに数をかぞえるようになった。いまはふたりともいやな夢のなかにいる。

ダーディーはアーミルのむこうにしゃがみこんで、マンゴーのかけらを食べさせた。わたしはマンゴーを食べた効果《こうか》があったみたい。ぼうっとしてたのがすこしだけましになった。百までかぞえて、それから二百、そして千までかぞえた。砂だらけの小道を歩くパパのしっかりした足どりを思いうかべる。アーミルは目を閉じた。足がぴくぴくしてる。アーミルの胸があがったりさがったりするのをみて、ゆっくりな呼吸にあわせて歩数をかぞえる。いちど息をすうあいだに三歩、吐くあいだにまた三歩。ダーディーはあぐらをかいてそっとなにかをささやいていて、ときどきアーミルの肩をなでる。かわいそうなダーディー。黄色とゴールドのサリーには泥《どろ》がついてて、顔はカサカサでいつもよりもっとしわくちゃ。まとめてた髪はほどけて、編んだ長い白髪《しらが》が片方の肩にかかっている。口のなかでへんな音をたてたり、家の仕事をしなさいっていったり、わたしの髪を編むときにきつくしすぎたり、そういうのをやめてほしいってなんども思ったけど、それを考えるとうしろめたい気持ちがどっとわいてきて、ほっぺがあつくなる。ダーディーはわたしたちのことを愛してくれてた。そばにあるのにほとんど気づかなかった、古くてやわらかい毛布《もうふ》みたい。なにがあってもかわらずそばにいてくれる。

「ダーディー」わたしはいった。

ダーディーは顔をあげる。

つばを飲みこもうとしたけど、口の筋肉がうまく動かない。「愛してる」

ダーディーはわたしにむかって手をひらひらさせて首を横にふった。たしかにそう。そんなこというべきじゃない。でも万が一のときのために、いっておかなきゃいけなかった。うちではおたがいそんなことはいわないけど、悲しくはなかった。だって、愛してるってつたわることをちゃんとしてたから。いまはそれがわかる。ダーディーはわたしの服を洗たくしてつくろってくれたし、パパは夜寝るまえにおでこにキスしてくれたし、アーミルはわたしの絵をかいてくれた。カジはいためたタマネギとじゃがいもをいれてわたしの好きなパラーターをつくってくれた。毎日そんなことがいっぱいあった。ぜんぶが愛。パパとアーミルのあいだでさえおなじ。どうしてこれまで気づかなかったんだろう、ママ？　もう手おくれだったらどうしよう？　手をのばしてダーディーの茶色いかさかさの手をとって、しっかりにぎった。ダーディーもわたしの手をにぎりかえす。

数をかぞえるのはやめなかった。わたしは考えながら同時にかぞえられる。ときどき数がすこしわからなくなったけど。たぶん一時間はすぎた。数は三千までいってた。アーミルがいちど息をするたびに四歩かぞえるようになって、それから五歩になった。アーミルをゆさぶったけど、目をあけない。

「アーミル」耳もとでささやいて、またゆさぶった。反応《はんのう》がない。

「ダーディー」わたしはいって、それからアーミルをみた。「起きない」

ダーディーはアーミルの肩をゆすって、マンゴーをひと切れ口に押しつけたけど、アーミルは動かない。パニックになってダーディーの目が光った。顔をアーミルの胸に押しあてる。「息はしてるね」ダーディーは小声でいって空をみあげた。そして泣きながらお祈《いの》りをとなえはじめた。大きな声じゃなくて、ただつらい気持ちをいっぱいこめて。やめてほしかったけど、わたしは空をみあげて、ダーディーがみたものをみた。そして感じた——ぽたりと水が落ちてきて、その感覚が頭にじんわりひろがっていく。あたりをみまわした。わたしのかんちがい？　ダーディーはお祈りをとなえつづける。またひとつぶ落ちてきた。ダーディーはお祈りをやめてわたしをみた。

「感じたかい？」

わたしはうなずいた。ふたりで空をみあげる。どんどん雨つぶが落ちてくる。アーミルのおでこにもひとつぶ落ちた。アーミルは動かない。

雨が強くなってきた。うえをむいて口をあける。雨つぶがいくつかはいってくる。

「ニーシャー、水をあつめなきゃ！」

腕に顔に水が落ちてきてくらくらする。わけがわからないうちに水がいっぱい。でもちゃんと飲めない。かくしてるすりばちとすりこぎのことが頭にうかんだ。バッグから出してつつみをひらく。出発してからいちどもみてなかった。手にもつだけで、時間を旅してうちのキッチンにもどった気分になる。ダーディーはびっくりした目でわたしをみたけど、なにもいわない。大理石《だいりせき》のすりばちを地面におく。小さな白いボウルの底には、つぶしたスパイスがしみついている。そこに水がたまっていく。のどがヒリヒリする。飲めるぐらいの量がたまった。全身の全細胞《ぜんさいぼう》がそれをほしがってたけど、わたしはアーミルのところにかがみこんだ。

「アーミル、起きて。水があるよ」かすれて低くて、自分の声じゃないみたい。アーミルは動かない。水をすこし、ゆっくり口にそそいで、飲みこめるようにのどをさすった。アーミルは水滴《すいてき》を口にいれて、それから咳《せき》をした。目をぱちっとあけて咳こむ。

「飲んで」かれた声をふりしぼってアーミルの耳もとでささやいた。ダーディーがアーミルの頭を起こしてささえる。また水をアーミルの口にそそいだ。こんどはもうすこし飲んだ。そのとき遠くから声が聞こえた。雨がざあざあふっていて、むっとする空気のむこうから。耳をすましたけど、もう聞こえない。またアーミルに集中する。アーミルの目は閉じている。わたしは顔を空にむけて口に雨をためて、二日ぶりに水を飲みこんだ。つめたくてとても甘い。液体のダイヤモンド。

「アーミル、ニーシャー」声が聞こえる。目をこらして雨のむこうをみた。人の姿《すがた》がみえる。黒くてぬれていて、両手にびんをもっている。

「もどってきたね」ダーディーがいう。

おなかのなかがひっくり返って、からだ全体から大声が出た。わたしの声っていうより、動物がほえる声みたい。

近づいてくるにつれて、雨のまくでぼやけたパパの黒いかげがくっきりしてくる。すぐそばまできて、アーミルの横にしゃがんでたわたしとダーディーの目のまえに立った。パパはアーミルをはさんでむこう側にひざまずいて、水のびんを地面におろした。みたことがないぐらい顔がゆがんでる。うずくまって、おでこをアーミルの胸にあてる。頭をあげて手で顔をおおった。パパ、泣いてるの？　泣いてるパパなんてみたことがない。でも手をおろすと、パパは笑ってた。頭と顔をつたって雨水が流れてて、空にむかって両手をのばしてる。

「神さまは望みを聞いてくださっているのかもしれない」パパはかすれた声でいった。みんなの肩に手をまわしてひきよせる。みんなの頭がふれあう。人間のテントでアーミルをおおう。パパはわたしたちを愛してる。この瞬間《しゅんかん》はずっと忘れない。カジのすりばちとすりこぎ、うちの土、ママのかざりと宝石みたいに、心にしまってもっていく。

わたしはびんを手にとって、ごくごく水を飲んだ。ずっと息ができなくて、やっと空気をすえた気分。パパがびんをわたしの口から離した。怒ってる？　意地《いじ》きたなかった？

「ゆっくり飲みなさい。吐いてしまわないように」

わたしはほっとしてうなずいた。ダーディーもすこし飲む。

パパはまたアーミルのほうをむいた。またすこしアーミルのからだを起こしてダーディーにもたれかからせて、脈をとって強くゆさぶった。

「起きなさい、アーミル」

アーミルは目をぱちぱちさせて、すこしにっこりした。

ダーディーとわたしは顔をみあわせる。

「パパ」アーミルはしゃがれ声でいって、やっとぱっちり目をひらいてパパの腕《うで》をひきよせた。

「どうした」心配そうにパパがいう。

「ぼくたち死んでるの？」にっこりしてアーミルがいった。

「まったく、なんてやつだ」パパは片手でアーミルをかるくたたいて、もう片方の手でびんをもって水を飲ませた。

冗談《じょうだん》。アーミルが冗談をいった。うれしくてたまらない。わたしはしゃがみこんで、アーミルのほっぺにキスした。ママ、わたしたち生きられるかも。水を飲んでしばらく休んで、また雨のなかで水を飲んだあと、からだがふるえだしてアーミルをみた。アーミルは目をさましてたけど、ブルブルふるえてる。ダーディーも寒そう。

「雨やどりできるところへいかなければいけない」パパがいう。「この先の村まで歩いたときに、いい場所があった。古い小屋だ。それほど遠くない。おそらく八百メートルほどだろう」

バッグの底にピスタチオがすこしあったのをパパがみつけて、みんな三つぶずつ食べた。口のなかに甘《あま》さと濃厚《のうこう》な風味《ふうみ》がどっとひろがって、とてもおなかがすいてたのを思いだした。

みんなでアーミルを立たせた。ダーディーとパパがそれぞれからだで片腕ずつささえて、アーミルをひっぱっていく。わたしが先頭で、みんながついてくる。キャラバンの隊長《たいちょう》になるのはいやだったけど、わたしがあとになるより安全だってパパがいうから。水のびんを二本とアーミルのバッグ、自分のバッグ、ふたりぶんのマットをもたなきゃいけなかった。ずっしり重い荷物《にもつ》をせおって、なんとか全身でささえる。パパは自分の荷物とダーディーの荷物を運んだ。通りにもどって、またほかの人たちといっしょになる。みんな雨でびしょぬれで元気がない。自分の足をみると、なんとか一歩一歩まえにすすんでる。たどりつくまでほかはなにもみないって自分に約束した。なんどかとまって、アーミルを休ませなきゃいけなかった。「むりだよ、パパ」三度めに泥のなかにすわりこんだとき、アーミルがいった。もうどうしようもないって感じ。頭から水が流れおちて、目は大きくひらいてくぼんでいる。わたしはおなかに怒りがもどってきた。ガンディーがいっしょに歩いてるのなら教えてほしい。どうしてみんな、おなかをすかせたヤギみたいに砂漠《さばく》にほうり出されなきゃいけないの？　それをきめるとき、えらい人たちはわたしたちインド国民のことをどんなふうに考えてたの？　これって独立《どくりつ》とどう関係があるの？

「だいじょうぶだ」落ちついたお医者さんの声でパパはいって、アーミルに手をさしのべた。そんな声でパパがアーミルに話しかけるの、はじめて聞いた。「あと数分でつく」

すこし待ってから、アーミルはまたゆっくり立ちあがって、パパとダーディーのからだに腕をまわした。ほかのたくさんの家族といっしょに、ずぶぬれでよたよたと道を歩く。こんどは水が多すぎる。あっというまに状況《じょうきょう》はかわってしまう。ざあざあぶりの雨のむこうに、村の小さな建物がいくつもみえる。左に曲がりなさいってパパがいった。こわれた木の小屋があったけど、入口がみあたらない。裏にまわったら、すくなくとも三家族が小さな部屋の床《ゆか》にぎゅうぎゅうづめですわってる。着ている服と頭にかぶってるトーピーをみて、イスラム教徒の家族だろうと思った。ドアはこわれてはずれている。わたしとダーディーはうしろにいて、パパがアーミルをそばにひきよせてなかをのぞいた。

わたしのまえでアーミルがパパにしがみついてる。アーミルはブルブルふるえてる。ダーディーの手もわたしの手のなかでふるえてるけど、アーミルほどひどくはない。わたしもすこしゾクゾクしたけど、朝よりましだった。雨がふってても空気はあたたかい。でもアーミルは雨でずぶぬれ。パパがまえにすすみ出た。

「雨やどりする場所が必要なんです。暖《だん》をとらなければ息子は死んでしまいます」お天気のことを話すみたいに、パパはたんたんとなかの人たちに話した。だれもなにもいわない。金属《きんぞく》の屋根に雨がうちつける音が聞こえる。男の人がひとり顔をあげて、パパの目をみた。目と目をあわせたふたりを、みんながみまもる。わたしは列車《れっしゃ》で起こった事件のことを考えた。みんながみんなを殺してるってパパはいってた。ヒンドゥー教徒、イスラム教徒、シク教徒。

「お願いです。悪さはしません」かすれた声でパパが沈黙《ちんもく》をやぶった。男の人はほんのすこしうなずいて、あごで部屋の片すみをさした。みんなが動いて場所をあけてくれる。わたしはずっとうつむいてた。

わたしたちは壁《かべ》ぎわにしゃがみこんで、床にあぐらをかいてすわった。アーミルはパパのひざにすわって、パパはアーミルを小さい子みたいにだっこする。ダーディーとわたしはふたりの正面。わたしが壁のいちばん近くにいて、わたしのぬれた腕にからだを押しつけてダーディーがすわる。なん分かたつと、みんなのからだのぬくもりを感じはじめた。アーミルはまだふるえてる。数分が数時間になって、アーミルのふるえもとまった。

いきなり雨がやんで、雲のすきまから太陽がてりつけてきた。ついさっきまでどしゃぶりだったのがうそみたい。心がうきうきしてうれしい。わたしを殺しかけたのとおなじ太陽なのに。みんな小屋から出はじめた。だれも話さない。イスラム教徒の家族は荷物をまとめる。わたしたちも荷物をまとめる。パパは手をあわせて、あの男の人にていねいに頭をさげた。男の人も頭をさげて、わたしたちは一方へ、男の人たちは反対のほうへむかった。

歩きながらまた水をごくごく飲んだ。びんには雨水がいっぱい。アーミルはさっきよりすこし足どりがしっかりして、わたしたちは国境へむかってどんどんふえる人の波に合流した。国境はまだずっと先。国境ってどんななんだろう？　ほんとうに線や壁があって、みはりの人がいるの？　国境なんてみたことない。背中にあたる太陽があったかくて、大きな手みたい。〝まえへすすみなさい、ニーシャー〟って。あの太陽はママだったんじゃない？

しばらくすると、またひと晩すごせそうなしげみと岩をみつけた。ほかにも泊《と》まる準備《じゅんび》をしてる家族がたくさんいる。ときどきふしぎに思う。どうしてだれも話さないんだろう。ふつうなら、こんなにたくさん人がいたら音がいっぱいするはず――おしゃべり、笑い声、いいあらそい、名前を呼びあう声。いつもの市場みたいに。わたしたちは永遠にかわっちゃったの？

きょうは日が高いうちにはやめに休もうってパパがいって、持ちものをひろげてかわかしなさいっていわれた。アーミルは地面にすわって細い木にもたれかかる。ダーディーはみんなのマットと蚊帳《かや》をひろげた。わたしはバッグのなかをさがして、ふるえてうずうずする手で日記帳のつつみをひらいた。ショールはぬれてたけど、日記帳の表紙はしめってるだけ。よかった。安心が胸から手足にひろがって、指の先までつたわっていく。汚《よご》れたつめの下まで。宝石と土がはいった袋《ふくろ》と、すりばちとすりこぎを出してショールのうえにおいて、予備《よび》のサルワール・カミーズと下着のうえに日記帳をのせた。もうなにもかくそうと思わないし、パパはわたしの持ちものにみむきもしない。

火をおこすためにパパがかわいた枝をあつめはじめて、わたしも手伝った。しげみのなかの細い小枝しかみつけられなくて、そういうのはあまり長く燃《も》えないんだけど、たくさんみつけたし、しげみの下のほうで、かわいていそうな太い枝も二本みつけた。パパはバッグからレンズ豆とお米を出してダーディーをみた。

「どれくらいなべにいれればいいのかな？」

「パパ」ダーディーが答えるまえにわたしはいった。「わたしがやる」カジがレンズ豆を料理《りょうり》するのはなんどもみた。いまはスパイスがないし、レンズ豆とお米をいっしょに料理しなきゃいけない。ライスがべたべたになるから、カジならぜったいにそんなことはしないけど、お湯がぐつぐつわくのをみていたかった。甘い木の実みたいなゆげのにおいをかぎたかった。

パパはうなずいた。くちびるのはしがあがって、ちょっと笑顔になる。じめじめした袋をパパから受けとって、レンズ豆とお米を半分ずつなべにいれた。まだ手がふるえてたけど、おなかがからっぽだからどんどん先にすすめる。アーミルがわたしをみてる。ダーディーも。わたしが手品でもしてるみたいに、ふたりはだまってみている。レンズ豆とお米がひたるぐらいの水をいれる。必要ならもっと足してもいい。パパはマッチがぬれないように小さな革《かわ》の往診用《おうしんよう》かばんにいれてた。木の切れはしはまだしめっていて火がつかない。みんなで木の下の小枝をあつめて、しつけた枝はかわいた葉っぱといっしょに日のあたるところにおいた。かわくまで待たなきゃいけない。

しばらくして、また火をつけようとした。まだしつけが多すぎる。両手で地面をパンチしたくなった。叫びたくなった。叫び声をあげたことなんて、おぼえてるかぎりいちどもないのに。赤ちゃんのときはあったかもしれないけど。アーミルが叫ぶのはたくさん聞いた。うれしいときに菜園《さいえん》を走りぬけて丘《おか》をかけおりながら叫んだ。ケンカしたときに怒って叫んだ。学校の成績をあげなければお絵かき道具をぜんぶ取りあげるっていわれて顔をぶたれたときは、パパにまで叫んだ。アーミルがパパに叫んだのはそのときだけ。わたしは叫んだら自分がバラバラになりそうでこわい。でも、しめった木の下でマッチの火がまた消えると、エネルギーがのどに押しよせてくる。自分が叫んでるのを想像できた。

ひなたにおいていたなべの中身をかきまぜて、火のとおってないレンズ豆とお米をスプーンですくって口にいれた。小石をかんでるみたい。スプーンをダーディーにわたしたら、まずアーミルに食べさせて、自分でもスプーン一杯ぶん口にいれた。パパはつみかさねた枝とマッチをいじってる。レンズ豆もお米も、水につけただけだとほとんどやわらかくなってない。それでも口になにかがはいってるのはすごくうれしい。ゆっくりかみしめて、最後は飲みこんだ。またスプーン一杯ぶん口にいれたところで、パパが大声をあげた。

「火がついたぞ！」小さなけむりの雲がたちのぼって、枝と葉っぱの山に炎がちょろちょろひろがりはじめる。火がパチパチ、プツプツ音をたててるけど、炎は消えない。こんなにおもしろいものはみたことないって感じで、なべのお米とレンズ豆をみんなでじっとみつめる。なん分かたつと、小さなあわが水に浮きでてきた。ダーディーが小さな女の子みたいに手をたたく。パパは「おおっ！」っていって、アーミルは小さな歓声《かんせい》をあげた。わたしは、なべをできるだけしっかり火のまんなかにおいておくのに集中した。

二十分後には、お米はじゅうぶん水をすってふくらんだ。もうすこしかきまぜる。火はそこそこ大きくなってて、パパはひなたにおいてた小枝をどんどん足していく。最後にはみんなひざをついて火のまわりにあつまって、なべを順番にまわしてスプーンでレンズ豆とライスを口にいれた。やわらかくて、ほんのりしょっぱい気もして、みんなニコニコ顔になる。こんなの想像してもみなかった。みんなで肩と肩をよせあって、あったかくてニコニコしてる。パパがわたしとアーミルにまた腕をまわした。太陽が地平線にしずんで、ぽかぽかのオレンジと青がひろがる。またひと口食べて、パパのたくましい腕を肩に感じる。ママ、これってすごくおかしな気分。死にかけた日の最後に、いままでいちばんしあわせな気分になるなんて。

ニーシャーより

＊

一九四七年八月二十五日

ママへ

もうちょっとでつく。びんにはほとんどいっぱいまで水がはいってるし、きょうは雨がふらなかった。パパの話だと、あと一日でラーシッドおじさんの家につくんだって。ママのうちだよ。

ママとラーシッドおじさん、わたしとアーミルみたいにそこでいっしょに遊んだの？　木にのぼったり、木の枝で土に絵をかいたり、水たまりで石をはねさせたりした？　ラーシッドおじさんはママの弟だって、ダーディーがいってた気がする。ママが生きてたら、いまは三十五歳のはず。ラーシッドおじさんはいくつなのか気になるけど、たずねるのがこわい。わかってるのは、ママより年下ってことだけ。

荷物は太陽にてらされてかわいた。人にもヘビにもシロアシギツネにもサソリにもおそわれなかったから、ちゃんとたどりつけると思う。でも夜はよく眠れなくて、頭が重たくてふらふらする。マットの下の地面はかたい。耳にも髪《かみ》にも砂がはいってくる。虫がぶんぶん飛ぶ音が聞こえて、ヤマネコかオオカミがほえる声がして、ときどき人の声も聞こえる。男の人や女の人が名前を呼んだり、子どもにどなったりする声。泣き声も聞こえる。たいていわたしたちは、ほかの人たちから遠く離《はな》れた目立たない場所をみつける。みわたすかぎり砂と土ばかりだけど。旅をつづけるうちに、おなじほうへむかう人も反対へむかう人も、どんどんふえてきた。火のすぐそばで四人からだをよせあって眠った。パパがほとんどひと晩じゅう火が消えないようにして、ずっとあたりをみはってた。パパはいつ眠ってるんだろうってときどき思う。

わたしははやく起きて、自分で小さな火をおこした。パパが夜のあいだにきのうの火のうえに小枝をつみかさねてた。またお米とレンズ豆をゆでて、においのおかげで目がさめて気分がしゃきっとする。食べものはあと二回ぶんしか残ってないけど、それだけあればじゅうぶんなはず。寝ころがったら、まえよりおしりの骨《ほね》を感じるようになった。出発してまだ数日しかたってないけど、もともとやせてたから。アーミルほどひどくはない。でもガリガリ。うちにはいつでも食べものがたくさんあったけど、パパは食べものでも家具でも人でもなんでも、多すぎるのをいやがる。サビーンのふっくらした赤いほっぺとくちびるを思いだす。サビーンのお母さんはおながまんまるで、笑顔がやさしかった。ふたりをみてるとうらやましかった。たくさん話して、たくさん笑ってたから。いつかこんなことがぜんぶ終わって、あたらしい暮《く》らしがはじまって、水と食べものがたっぷりあるあたらしい家をみつけたら、わたしもおとなになって、ほっぺはふっくら赤くなって、おなかはまんまるでやわらかくなるのかも。娘といっしょに歩いて話して笑えるのかも。

節約《せつやく》してだれもこぼさなければ、水はあと二日ぶんはある。具合《ぐあい》が悪くなってからパパはアーミルにとてもやさしくなったけど、また水をこぼしたらかわるかもしれない。わたしたちの調子が悪いと、パパはほかのみんなのパパみたいになる。おだやかでやさしいお医者さんになって、だいじょうぶって気にさせてくれる。

太陽がのぼってくるなかでなべの中身をかきまぜてると、アーミルに肩をつかまれた。びっくりして飛びあがった。

「ごめん」ちっちゃな声でアーミルはいった。

わたしはにっこりして肩をすくめた。アーミルは顔色がよくなってる。うすあかりのなかでもわかる。目がまたきらきらしてる。アーミルがもどってきた。

「ひどい目にあったね」わたしも小さな声でいった。

「だよね」

「ひょっとしたらって――」わたしがいうまえに、アーミルが手をわたしの口に押しつけた。

「だまって。いっちゃだめ」アーミルはいった。

そうだよね。アーミルが死にそうだったことは二度と口にしないって心にきめた。わたしはアーミルの手をはらいのけた。「汚《きたな》い手」またアーミルをからかえるのがうれしい。

「ニーシャーの手もだよ」アーミルは目をきょろきょろさせて、思いっきり笑顔になった。なべの中身をかきまぜてないほうのわたしの手をつかんで、目のまえにもってくる。手のひらのしわにあかの小道ができてる。まるで地図みたい。

わたしは手をひっこめて、なべを火からおろした。パパが起きあがる。ダーディーはまだ眠っている。いつもはダーディーがいちばんに起きるのに。たぶんいつもよりたくさん休まなきゃいけないんだと思う。そもそもいままでへいきだったのがすごくない？　なべを順番にまわして、あたたかい朝ごはんをスプーンで口にいれる。味のない生煮《なまに》えのレンズ豆とお米がこんなにおいしいなんて、やっぱり信じられない。舌《した》があたらしくなったみたい。

ダーディーがゆっくり起きあがって、三人で食べてってていった。

「いや、母さん、母さんも食べなければ」パパがいって、スプーン一杯ぶんをダーディーのくちびるのまえにもっていった。

「みんなスプーン五杯ずつ食べたんだから」アーミルがいう。「残りはダーディーのだよ」

みんなが食べた量をアーミルが知っていてびっくり。わたしはかぞえてなかった。おなかがぽかぽかして、からっぽの大きなほら穴みたいな気分じゃなくなったけど、それでもおなかいっぱいからはほど遠い。いまならひとりでなべ二杯ぶんは食べられる。

「みんなもうひと口ずつ食べなさい」ダーディーが静かにいった。「きょうはおなかが……」ダーディーはおなかにふれて目を地面にむけた。

「母さん」パパがいった。「どういうこと？」

ダーディーは手をふって質問に答えなかった。パパはスプーンをさし出す。ダーディーは首をふって、目がきびしくなる。

「まずふたりにあげておくれ」ダーディーはいって、わたしとアーミルをみた。「あたしは最後のひと口だけでいいよ」

パパはためらった。「スレーシュ」ダーディーに名前を呼ばれて、パパはいわれたとおりにした。

荷物をまとめて道にもどる。ふたつの方向へむかう人はどんどんふえてる。ふたつの道は十五メートルぐらい離れていて、あいだに大きなくぼみがある。わたしはまた規則《きそく》正しく足音をたててすすんだ。このリズムが好き。ダーディーがわたしのとなりにいて、すぐまえでパパがアーミルといっしょに歩いてる。きょうのダーディーはいつもにもまして足がおそい。

「だいじょうぶ、ダーディー？」ダーディーのほうをみたら、汚れたサリーを着た背中がいつもよりすこしまるまってる。まとめた髪がほつれて、ぼうっとした顔に白髪《しらが》がぱらぱらかかっている。ダーディーはこっちをちらっとみてかるくうなずいたけど、目は焦点《しょうてん》があっていない。わたしはダーディーの手をとった。ダーディーがぎゅっとにぎって、わたしもにぎりかえす。「ラーシッドおじさんっていい人？」ってたずねて、自分でびっくりした。すこし口からことばが出やすくなってきた。ひび割《わ》れたかたい足でひび割れたかたい土をふんでこの道を歩くわたしたちは、いつもと別人だ。ここではぜんぶどうだっていい。ぜんぶ現実じゃない。近所の人たちはいない。家もない。はざまの暮らし。
「いい人かって？」ダーディーはわたしをみて目をぱちぱちさせた。それから首をふって、どっちともいわなかった。「どうだろうねえ、どうだろうねえ」ダーディーはいって、またわたしの手をぎゅっとにぎった。

ニーシャーより

＊

一九四七年八月二十六日
ママへ
すごく調子の悪い日のほかは、毎晩、火のそばにすわって書く。書けば書くほどママの姿がはっきりしてくる。えんぴつを三本もってきてよかった。パパはナイフでえんぴつを削《けず》るのを手伝ってくれて、なにを書いてるかはたずねてこない。だまって書かせてくれる。ママにむけて書いてるってパパが知ったら、なんていうかな？
ときどきママがわたしに話しかける声が聞こえる。ママの声はやさしくて静か。「ニーシャー、あともう一歩だけ」ママがいう。わたしは一歩足をふみだす。みんなののどがかわいてたまらなかったとき、ママはいった。「空気が水だと思いなさい。空気を飲むの」わたしはそうした。ママ、だれにもいうつもりはないけど、死んだらママといっしょにいられるってこと？　でもほんとうにそうなるのかわからないから、わたしは生きておく。ママが生きてほしいって願ってなかったら、頭のなかでママの声は聞こえないよね？

いまはママの姿もみえる。赤と金のスカーフをひらひらさせながら、わたしたちといっしょに歩いてる。そのスカーフは、パパのクローゼットにかかっていたのとそっくり。パパがずっととっておいて、いまはクローゼットのなかで知らない人にとられるのを待っているスカーフ。このかわいた悲しい道で、ママはいちばんきれいな人。わたしたちはみんな土ぼこりの色で、ママは金色、こげ茶色。赤とむらさきの服を着て、目のまわりをくっきり線でかこんでいて、くちびるはつやつや。ママはかがやいてる。金のイヤリングがきらりと光る。腕輪《うでわ》がじゃらじゃら音をたてる。ママはここにいて、わたしはママのあとについていく。ママがわたしたちをラーシッドおじさんのところへつれていく。あたらしい故郷《こきょう》へつれていく。

わたしたちがラーシッドおじさんのところに泊《と》まるの、ママはうれしい？　わたしたちがいくの、おじさんはうれしいかな？　おじさん、どうしていままでわたしたちに会いにこようとしなかったんだろう。ママが死んだあとのわたしたちはヒンドゥー教徒で、イスラム教徒とヒンドゥー教徒の両方じゃないってパパがいったから？　ときどきわたしはヒンドゥー教徒でもイスラム教徒でもない気がする。そんなふうに感じるのって悪いこと？　パパの話だと、ガンディーはみんながぜんぶなんだって思ってる。それがいちばん納得《なっとく》できる気がする。みんながそんなふうに思ってたら、わたしたちはうちにいられたし、国全体が安全でほんとうに自由だったはず。ラーシッドおじさんがわたしたちのことをどう思ってるのか知りたい。ママ、そのうち教えて。

ダーディーはすごく弱ってる。火のそばに横たわって、いちばん先に寝た。水は飲むけどなにも食べない。アーミルがパパにたずねてた。ダーディーは病気なの？　わたしは答えを聞きたくて身をのりだした。

「もう年だからな。今回の旅はきつすぎるんだ」答えになってない。パパは横をむいて、バッグをふって砂を出す作業にもどる。パパはなんどもダーディーのようすをみて、脈《みゃく》をとったり目をたしかめたり皮をつねったりした。ダーディーは手をふってパパをはらいのけるだけ。口のなかでへんな音はたててない。歌はうたわないし、お祈《いの》りもとなえない。しんとしすぎで、がまんできなくなりそう。アーミルもこのごろはあまり話さない。まわりを歩いてる人が話すのすらあまり聞こえない。わたしにはほかの声が必要。声がわたしをみたしてくれる。みんな水のなかにいて、空気があるところに出るまで息をとめてるみたい。すこしでも大きな声をだしたら、おぼれちゃうのかも。

でもアザーンは聞こえる。毎日、ミールプル・ハースでイスラム教徒の人たちがお祈りするのを聞いたのとおなじように。ミールプル・ハースにいたときは、アザーンのことなんて気にしてなかった。一日のいろんな音にとけこんでいた。モスクのスピーカーから呼びかけの声が村にひびいて、窓からその音がはいってくる。カジは手をとめて、キッチンのすみにまるめてあるお祈り用のマットを出す。からだを清めて窓のそばにマットをしいて、お祈りをとなえながら立って、かがんで、ひざまずいて、おでこを床につけて、また立つ。

カジがお祈りをしているときは、じゃまをしたらいけないってわかってた。ときどきママのことを考えた。ママも一日五回お祈りをしたの？　パパがお祈りしたりうたったりするのはみたことがない。人間にはいまここの世界しかないんだってパパはいう。ほんとかな？　国境《こっきょう》に近づくにつれて、反対側の道にイスラム教徒の人たちがどんどんふえてきた。あたらしい家をもとめてインドからきた人たち。だれかがアザーンの呼びかけの声をあげて、みんな立ちどまってお祈りする。わたしたちの側の道の人たちは、そのまま歩きつづける。カジのことを考えて悲しくなるから、わたしはみない。まえにいる人の背中をみて、ただ歩く。

でもねママ、きょうはなにをしたと思う？　アザーンが聞こえたら、わたしも頭のなかでお祈りをとなえたんだ。これまでに聞いたカジのお祈りとダーディーのお祈りをひとつにして、自分でつくった。ちゃんとしたことばはわからないし、ひざまずきもしなかったから、意味があるかはわからないけど、悪いことも起こらないと思う。このことはだれにも話さない。ぜんぶごちゃまぜで、ちゃんとしてないって怒られるかもしれないから。でもだれかがダーディーのためにお祈りしなきゃ。ママならお祈りしたよね？

ニーシャーより

＊

一九四七年八月二十七日

ママへ

あしたにはラーシッドおじさんのうちにつくってパパがいう。マンゴーを食べたあと、パパがカージュー・カトリーをくれた。そのダイヤモンド形のキャンディを、わたしは汚い手のなかでなんどもひっくりかえした。どうしてパパはこれをかくしてたの？　投げつけてやりたかった。ほかになにをかくしてるの？　でもそれをかじった瞬間《しゅんかん》にひろがるしあわせを考えると、よだれが出てくる。口にほうりこんで、そのまま舌のうえでとかしていく。アーミルをみたら、小さなネズミみたいにちびちびかじってる。食べながら目と目があった。ふたりとも笑わなかったし、ふたりとも話さなかった。アーミルもパパに腹を立ててたのかな？

ラーシッドおじさんのうちまでの旅は、一日よけいにかかった。ダーディーがゆっくり歩かなきゃいけなかったから。パパとアーミルとわたしが順番に手助けした。ダーディーはわたしたちによりかかって、ひょろひょろの腕を肩にまわす。ダーディーの骨は鳥の骨みたいにかるい。やっとマンゴーをすこし食べたし、水も飲んでるけど、しょっちゅう休まなきゃいけない。ラーシッドおじさんのうちにはたどりつけるかもしれないし、たどりつけないかもしれない。ダーディーはよくなるかもしれないし、よくならないかもしれない。わたしたちはあたらしいうちにたどりつく。たどりつかないかもしれないけど。

ニーシャーより

＊

一九四七年八月三十日

ママへ

きのうとおとといの夜は日記を書けなくてごめんね。やっと書けるようになったよ、ほんもののベッドに寝ころんで。ママ、どうしてパパはいままでラーシッドおじさんのことを教えてくれなかったのかな？　いまはいろんなことがよくわかるようになったけど、もっとわけがわからなくもなった。

ラーシッドおじさんが暮らしてるっていう場所の近くにやっとたどりついたときには、ほとんど日が暮れていた。ウマルコートの街《まち》からなんキロか離《はな》れたところなんだって。村をひとつ通りぬけて、ほこりっぽい農地を横ぎった。うす暗いなかを数分歩いたら、家があつまっているのがみえてきた。けっこう大きな家ばかりで、どれもぜんぶ白。パパがわたしたちのほうをむいていった。「ここがおまえたちの母さんが育った家だよ」アーミルとわたしはすぐに目と目をあわせた。ママの家のことは聞いたことがあったけど、じっさいにまえに立つと胸がぎゅっと苦しくなる。息ができない。しげみのうしろにかくれて暗くなるまで待って、パパがラーシッドおじさんに会いにいって安全をたしかめるっていう。わたしたちが家にはいるところは、だれにもみられないようにしたいんだって。

「だれかが近づいてきたら」パパは声をひそめて、きびしい目でアーミルをみた。「おばあちゃんを休ませているというんだ。それだけいって、よけいなことはいうな。暗やみのなかで気づく人はいないだろうが。あそこにみえる家の多くは、いまは空《あ》き家《や》だ」

アーミルがうなずく。

「父さんが口ぶえをいちどふいたら」パパはつづけた。「すぐにそっと出てきて、あの家まで走りなさい」集落のまんなかの家を指さす。「おしゃべりはしないで、荷物《にもつ》はおろさずにいるんだぞ。いつでも動けるように準備《じゅんび》しておくんだ」

アーミルとわたしは、おたがいをちらっとみた。

「わかったか？」パパが小声でいった。

「うん、パパ」アーミルとわたしも小声で答えた。

日が暮れるのを待って、パパがドアまで歩いていった。満月で空には雲ひとつない。空気は燃える木のにおいがする。パパがノックするのがみえる。コンコンっていう音が夜にひびいて、ひらくドアがきしむ音がする。ぼそぼそ話す声が聞こえて、ドアが閉まる音がする。わたしたちはバッグをかかえてすわっていた。ダーディーは自分のバッグにもたれかかって頭をささえている。わたしはドアのほうをじっとみていた。わたしはどこかで、ママが家のなかにいてくれたらいいのにって思ってた。ずっとそこにかくれてたんじゃないの？

アーミルはすり切れたサンダルのうすい革《かわ》で遊びはじめた。わたしはアーミルをひじでつついてしげみのむこうを指さして、やらなきゃいけないことに集中させた。ひたすら待った。カサカサいう音が聞こえてからだがかたまったけど、振《ふ》りむいてもなにもない。

「なにか聞こえた?」アーミルにささやいた。

「うん」アーミルはいう。またじっと待った。カサカサいう音が大きくなる。

「場所をかえなきゃ」アーミルがひそひそ声でいう。「いますぐ」

ダーディーに手をかして立たせて、しげみから離れた。月あかりでぼんやりみえる舗装《ほそう》されてない道のほうへむかう。

「あんまり遠くへいっちゃいけないよ」ダーディーが小声でいう。アーミルとわたしでダーディーの腕をささえて、はやく歩けるように手助けした。カサカサいう音ははっきりとした足音になって、どんどん近づいてくる。

だれかに肩をつかまれて、わたしは悲鳴をあげた。痛いぐらいの声が血のようにどっと出てきた。手の大きさで男の人だってわかったけど、口をふさがれてのどにナイフをあてられた。金属《きんぞく》がふしぎになめらかであたたかい。ダーディーが泣きだした。

「おまえらがおれの家族を殺したんだ」食いしばった歯のすきまから、男の人はわたしの耳もとでいった。

わたしには男の人がみえない。声が聞こえて、すえた汗、あか、すっぱい息のにおいがするだけ。自分の息の音が耳にひびく。ナイフの腹がさらに強く押しつけられる。ダーディーはへなへなと地面にくずれおちて、頭がわたしたちの足のほうにたおれてくる。こわくはなかった。ただぼうっとしてて、空にむかってふわふわ飛んでくみたいな感じだった。

「やめて、ぼくらはだれも殺してないよ」アーミルはなんどもなんども大声をあげて、つばを飛ばした。ダーディーはうずくまってお祈りをとなえる。わたしは刃《は》の先から首を離しながら、ぴくりともしないで立っていた。息がとまったんじゃないかと思ったけど、なぜかたおれなかった。

男の人の手はふるえている。

「おれの子どもたち、妻。みんな死んだ」うわずった声で男の人はいう。「おまえらが殺したんだ。おまえらみんなが殺したんだ。子どもも妻も水を飲もうとしただけなのに、おまえらが殺したんだ」

「ちがうよおじさん、聞いてよ。ぼくらは国境まで歩いてるだけだよ。おばあちゃんを休ませてただけ。おじさんの家族にはなにもしてないよ」せいいっぱい声をはりあげてアーミルがいった。

「食べものでも水でも、ほしいものはなんでもあげるよ」

ドアがきしむ音とパパの口ぶえが聞こえた。

みんなだまっている。パパがまた口ぶえをふいた。ナイフの腹がいっそう強く首に押しつけられる。

「お願いします。その子は悪くないんだから」ダーディーが手をあわせて大声をあげた。

男の人はブルブルふるえて、首もとのナイフもふるえる。「おれの家族は死んだんだ。悪くないやつなんていない」

「パパとおじさんがくるぞ」さっきより低い声でアーミルがいった。「銃《じゅう》をもってる」

家から足音が近づいてくる。

「その子をはなせ」パパが声をはりあげた。すごく大きくて力強い声だったから、ほんとうにパパなの、って思った。

「パパは銃をもってるんだぞ」アーミルがまたいう。ほんとうにもってたらよかったのに。

手がガクガクふるえて、男の人はナイフを落としてわたしをはなした。わたしは逃げて、首をおさえながらパパのほうへ走った。アーミルとダーディーもパパのまわりにあつまる。おじさんはいない。

「撃《う》たれたってかまいやしない。苦しみを終わらせてくれ」男の人はがっくりひざまずいた。やっと男の人をちゃんとみた。小さな人で、足首の太さはアーミルとかわらない。髪はほこりとあかでごわごわ。クルターのそでには血がついてる。「ヒンドゥー教徒に家族を殺されたんだ」男の人は手で顔をおおって泣きじゃくって、地面につっぷした。「目のまえで首をかき切られた。おれは逃げたが、殺されといたほうがよかったんだ」トーピーをかぶってるからイスラム教徒だってわかったけど、どうしてむこうはわたしたちがヒンドゥー教徒だってわかったんだろう？ミールプル・ハースではすぐにみわけがついたけど、ここではみんな汚れた服を着ておなじにみえる。イスラム教徒の男の人のなかには、トーピーをなくした人もいる。あるものをなんでも頭にかぶって日よけにしている人が多い。わたしたちはパパにしがみついた。わたしはまだぼうっとしてた。泣いてなかったし、怒《おこ》ってもいなかった。すごくおかしな気分だったんだ、ママ。

パパはわたしたちの手をそっとふりほどいて、男の人のほうへむかっていった。

「近づいちゃだめ」ダーディーが叫《さけ》んだ。「その人はあぶないよ」パパはダーディーのいうことを聞かないで、男の人のところにそろそろと歩いていった。落っこちていたナイフとトーピーをひろう。男の人の肩に手をおいて、トーピーとナイフをさし出した。男の人はおびえた顔でパパをみあげる。

「目には目をでは、世界全体が盲目《もうもく》になるだけだ」パパはいった。

男の人は立ちあがって、からだのほこりをはらった。うつむいたままトーピーとナイフを受けとる。それからうしろをむいて、暗やみのなかに走っていった。そのことばはまえにもパパから聞いたことがある。ガンディーのことば。いまはその意味がわかる。ヒンドゥー教徒の家族がイスラム教徒の家族を殺して、そのイスラム教徒の家族がヒンドゥー教徒の家族を殺して、そのヒンドゥー教徒の家族がイスラム教徒の家族を殺す。だれかが終わりにしなきゃ、いつまでも終わらない。でもだれが終わりにするの？

青い夜のなか、道をたしかめながら歩いた。なんどかつまずいた。アーミルとパパがダーディーをささえる。どうして歩けるのか自分でもわからない。玄関《げんかん》からなかにはいったのはおぼえてる。家にはいったとたん、なにもみえなくなって、涙《なみだ》がどっとあふれてきた。からだがブルブルふるえて、こわくてたまらない。うまく息ができなくて、部屋がぐるぐるまわる。ひざのあいだに頭をいれなさいってパパにいわれた。おぼえてるのはそれだけ。

ニーシャーより

＊

一九四七年八月三十一日

ママへ

目をさましたらベッドに横たわってた。ほんもののベッドで、がらのついたブランケットをかけられて。一瞬、うちにもどったのかと思った。アーミルとパパがわたしをのぞきこんでる。家のなかにいるのがおかしな感じ。それで思いだした。ここはママのうちだって。部屋の入口に知らない人が立っていて、わたしをじっとみてる。わたしもその人をみた。背はあまり高くない。トーピーをかぶってて、うすい茶色のクルターを着ている。カジみたいな服装《ふくそう》。でも顔はカジとぜんぜんちがう。なにかがおかしい。テーブルの二本のろうそくから離れたところにいたからよくみえなかったけど、くちびるがまんなかでめくれあがってて、歯ぐきとゆがんだ歯が何本かのぞいている。くちびるが鼻のいちばん下とつながってるみたい。

ミールプル・ハースにいたとき、市場《いちば》でドライフルーツを売る人がいつも口と鼻にスカーフをまいてた。口唇裂《こうしんれつ》のせいだってパパはいって、医学書《いがくしょ》で説明をみせてくれた。生まれつきそんなふうになっている人がいて、ほとんどの人はお金がなくてなおす手術《しゅじゅつ》を受けられないんだって。食べたり飲みこんだりできない人を病院が助けることもあるっていう。

学校にもそんな女の子がひとりいた。ミッタルっていう子。顔にスカーフはまいてなかった。くちびるがまんなかでうえにあがって鼻にふれてた。わたしとおなじで、ミッタルもぜんぜん話さない。話せないのか、話したくないのかはわからない。たぶん食べることはできたんだと思う。できなかったら手術してたはずだから。でも食べてるところはみたことがない。ミッタルのこと、しばらくみてようとしても、いつも目をそらしちゃう。気にしないようにしたかった。友だちになりたかった。だって、ミッタルには友だちがひとりもいなかったから。わたしにはサビーンしかいなくて、そのサビーンだってほんとうの友だちかわからない。わたしのほうはぜんぜん話さなかったし。でも、ミッタルのことはずっとみていられなかった。そのことを考えるとはずかしくてたまらないから、いつもは考えないようにしてる。ママ、ママはラーシッドおじさんをみるの、へいきだった？　ママもわたしみたいに弱虫だった？　そんなことなかったはず。

「こちらがラーシッドおじさん。話すのは無理で、書くことしかできない」パパがお医者さんの声でいう。ラーシッドおじさんはわたしにうなずいた。「立てるか？」パパがいう。

からだを動かそうとした。首が痛くて、すべてがどっとよみがえってくる。からっぽだった場所を記憶《きおく》が水のようにみたしていく。男の人、首に押しつけられる刃、アーミルの叫び声、ぎりぎりのところでもどってきたパパ、この家にはいってきたこと。立ちあがって、風とおしのいい部屋をぐるっとみまわす。カラフルな織物《おりもの》のカーペットが床にしかれている。彫刻《ちょうこく》のあるひきだしつきのたんすは、わたしの部屋にあったのと似《に》ていて胸がチクチクする。反対側の壁《かべ》ぞいにもうひとつベッドがある。ダーディーがそこでぐっすり眠ってて、胸がゆっくり上下に動いてる。わたしは興味《きょうみ》しんしんで、家のなかをみてまわりはじめた。パパがあとについてくる。そっと廊《ろう》下《か》に足をふみだして、あいていたべつのドアのまえにさしかかった。なかをのぞくと、おなじような部屋だけどすこし小さくて、ベッドが窓ぎわにひとつとその反対側の壁ぞいにひとつある。三つめの部屋をのぞきこんだ。大きなベッドがひとつあって、きめ細かいタペストリーが壁にかかってて、カーペットがしかれてひきだしつきのたんすがひとつある。すみにイーゼルがあって、まっ白なカンバスがのっかってる。ラーシッドおじさんの部屋にちがいないと思った。

アーチ形の入り口をぬけてリビングへいくと、長いソファがひとつと木のいすがいくつか、それに刺繡《ししゆう》入りのクッションがあって、まんなかに彫刻がほどこされたテーブルがある。壁には絵もかかってる。青い海の絵は、背後にもっと青い空がひろがってる。花びんの花の絵もある。それに、きれいな女の人が木の下で足をくんで草にすわってる絵も。これってママだよね。わたしにはわかる。

ダイニングルームにはテーブルがひとつといすが六つ、ガラスのとびらがついた大きな食器棚《しょっきだな》があった。絵とおなじように、テーブルのまんなかには磁器《じき》の花びんにピンクとむらさきの花がいけてある。すごくすてきなおうち。

パパがすぐうしろにいると思ってふりかえったら、ラーシッドおじさんの顔があった。そのとき、おじさんの目に気づいた。写真のママの目にそっくり。アーミルよりも似てる。すべてにちゃんと意味があるのかも。こんなふうに考えるのはひどいってわかってるけど、うちを出なくてよかったらここにはこなかっただろうし、ラーシッドおじさんの目、生きたママの目をみるチャンスだってなかったはず。わたしはすぐに目をそらした。

「あそこで手と顔を洗うといい」パパがキッチンの奥の出入り口を指さす。わたしは金属の流しで手と顔と首をごしごし洗った。あとでちゃんとお風呂《ふろ》にはいらないと、たくさんたまったあかは落とせないけど、手に土がこびりついてないのはすごく気持ちいい。

「気分はどうだ?」手を洗い終わったら、パパにたずねられた。

「だいじょうぶ」かすれた小声で答えた。

キッチンにもひとつ絵があった。ラーシッドおじさんの顔の絵。近くへいってよくみた。うえをむいたふしぎな口をしてて、目にみえない糸で上くちびるのまんなかをひっぱりあげられたみたい。ピンクの歯ぐきがみえて、歯はガタガタで、ほかの歯とほとんどかさなってるのが一本ある。ほんもののラーシッドおじさんとちがって絵ならみてられる。ラーシッドおじさんも絵をかくなんて信じられない。ママがおじさんに教えたの？　それともおじさんがママに教えたの？

「ニーシャー、こっちへきなさい」きびしい声でパパがいった。わたしはびくっとして絵から目を離した。パパのあとについて家の奥にいって、ダーディーのようすをたしかめた。まっ青な顔で天井《てんじょう》をみあげてて、力なく息をしてる。

パパはかがみこんでダーディーの腕にそっとふれた。

ダーディーは目をあけてうなずいた。それからまた目を閉じる。パパはキッチンへむかっていった。わたしが家のなかを歩きまわっているあいだ、アーミルはずっとダーディーのそばにいた。

「だいじょうぶ？」アーミルがわたしにたずねる。

「たぶん」

「あの人に……あの人にニーシャーが殺されると思った」アーミルの下くちびるがすこしふるえる。目はうるんでいる。

「いつだってパパが助けにきてくれる」わたしはアーミルの手にふれて、すぐにダーディーのほうをむいた。水がないときにアーミルはめそめそしなかったから、わたしもアーミルのためにめそめそしないでいたかった。でも、わたしも殺されると思った。あの人はかんたんにわたしの首を切れたし、そうしたらわたしはすぐに死んでた。パパにだってどうしようもなかったはず。でもなぜか、あまりおそろしくはなかった。なんでかわからない。あの人はすごく悲しがっておびえてた。手がブルブルふるえてた。家族はどうして殺されちゃったの？　どうしてそんなことをする人がいるの？　人を殺す人も、もとはわたしたちとおなじなの？　それともべつの種類《しゅるい》の人間なの？

「こんなに大きな家に、ラーシッドおじさんがひとりで住んでるなんてふしぎ。絵をみた？」

アーミルはぶんぶんうなずいて、にっこり笑った。「だからぼくも絵がかけるんだと思う」それからまたまじめな顔になった。「ダーディーは死んじゃうのかな？」

「そんなわけないでしょ」きびしい声でわたしはささやきかえした。「つかれてるだけだってわからないの？」でも、わたしも同じことを考えてた。

「パパに聞いてみる」アーミルの目がまたあかるくなって興味しんしんになる。ひきとめようとして腕をつかんだけど、すりぬけてパパとラーシッドおじさんのところへずんずん歩いていった。わたしもアーミルのあとについて長い廊下をすすんで、リビングとダイニングルームをぬけてキッチンへいった。パパは話すのをやめて、ふたりともアーミルをみた。アーミルはラーシッドおじさんにとびきりあかるい笑顔をみせて、わたしは心臓《しんぞう》が破裂《はれつ》しそうになる。アーミルの笑顔には、その一瞬、世界はいい場所だって思わせる力がある。アーミルへのわたしの気持ちはかわった。うまく説明できない。アーミルは死んで生きかえったみたい。アーミルの笑顔は前から好きだったけど、いまは笑顔をみるとしあわせになる。はじめてちゃんとみてる気がする。アーミルがいなくなったらどうしよう？　アーミルはわたしの声。わたしがたずねられないことをたずねてくれる。

「どうした」パパがいった。

アーミルの笑顔は消えた。「ダーディーは死んじゃうの？」

パパの目はアーミルをずっとみてる。「死なせはしないよ」パパはいって、ダーディーのようすをみにいった。でもパパの声はこわばってて、わたしはおながが痛くなる。パパはお医者さんだよって、わたしは自分にいい聞かせる。パパにはふつうの人にない力がある。ママもパパのこと、そんなふうに思ってた？　それからアーミルのことを考えた。アーミルの命が助かったのは雨のおかげだけど、パパのおかげでもある。雨がふらなくても、アーミルに必要な水はパパがもってきた。パパは男の人がわたしたちを傷つけないようにして、あとでその人にやさしく接した。パパはわたしが知ってるなかでいちばん勇気のある人かもしれない。でもパパが知らないのは、アーミルもそれに負けないぐらい勇気があるってこと。弱虫はわたし。男の人におそわれたときどうした？　わたしは動けなかった。大声をあげてパパに知らせたのはアーミルだ。パパたちが銃をもってるっていったのはアーミルだ。

ラーシッドおじさんはすごく大きなストーブに火をつけて、なべにいれたレンズ豆をゆでた。それからタマネギをきざむ。においが鼻をくすぐる。わたしはちょっとラーシッドおじさんに近づいた。アーミルも。おじさんは大きなフライパンでタマネギをいためて、マスタードシード、ニンニク、塩、クミン、ターメリック、きざんだショウガをぱらぱらいれる。一分ほどスパイスをいためて、ゆでたレンズ豆をいれた。

「料理《りょうり》する人はいないの？」アーミルがおじさんにたずねた。失礼な質問だけど、大きな家には料理や庭の手入れや家事をする人が必要なはず。ラーシッドおじさんはぜんぶ自分でやってるわけじゃないよね？

おじさんは顔をあげて肩をすくめて、かきまぜる作業にもどった。ゆげのたつダールをラーシッドおじさんがかきまぜるのをみてると、うちのキッチンでカジが料理してるところへするするひきもどされる。ダーディーがふだんの家の仕事をして、いすをゆらしてるところへ。パパが病院から帰ってきて、わたしたちのおでこにおやすみのキスをするところへ。甘《あま》いおかしの味を舌《した》に、その日の学校のできごとを頭に、眠りに落ちるところへ。すごくありきたりで、退屈ですらあったいろんなことが、いまとなってはおとぎ話みたい。涙《なみだ》があふれてくる。がまんできない。手で顔をおおった。

「ニーシャー」アーミルがいう。「どうしたの？」

わたしはただ首をふった。

「ラーシッドおじさん、かきまぜるのニーシャーにやらせてくれる？」アーミルがたずねた。ラーシッドおじさんは手をとめて振りむく。わたしは下をむかないようにがまんして、おじさんはスプーンをさし出した。

まばたきして涙をおいやった。スプーンをなべにつっこんで、あったかくて黄色いダールをのぞきこむ。こげつかないようにかきまぜる。リラックスしてきて、またすこしかきまぜた。アーミルは、わたしのことをとてもよく知っている。アーミルは家のなかを飛びまわって家事や宿題から逃げようとして、菜園《さいえん》で遊んだり絵をかいたりしてばかりだとずっと思ってた。でもいまはわかる。アーミルがどれだけわたしのことをちゃんとみてたか。どれだけわたしのことをよく知ってるか。アーミルの心のなかにどれだけたくさんのものがあるのか。しばらくもくもくと作業してたら、パパがやってきた。足音がとまって、パパがわたしをみまもる。ダールができて、わたしはそれをわきにおいた。

ラーシッドおじさんはパントリーのドアをあけて、金属の缶《かん》からお米をすくった。それを受けとって、わたしは五人ぶんをなべにいれた。おじさんの顔をみる。さっきよりへいきになった。おじさんの目に集中する。なべにいれるために、おじさんは大きなびんの水を金属のカップにそそいだ。それをわたされて、わたしは水をなべにそそぐ。カップ四杯ぶんいれて、ふっとうするのを待つ。カジはいつも先にお湯をわかしてからお米をいれてたけど、わたしはだまってた。ラーシッドおじさんはあまり料理の経験《けいけん》がないみたい。みじん切りにしたタマネギは大きさがばらばらだし、きざんだショウガはぜんぜんこまかくなくて、カジのとは大ちがい。もしかしたらヒンドゥー教徒の料理人がいて、出ていかなきゃいけなかったのかも。おなかがすいて頭がふらふらしてきた。スプーンでじかに口に運びたいくらい。

できあがったらラーシッドおじさんがボウルを五つ取りだして、四つにライスとダール、ひとつにライスだけをいれた。ふきんでつつんでたチャパティを四枚とって、ストーブであたためてボウルの横におく。ボウルをみたら、金色のダールとライスがなみなみとはいってて、焼いたチャパティがそのわきにおいてある。家を出発してからいちばんのごちそう。ラーシッドおじさんはいつもこんなにシンプルな食事をしてるのかなって思ったけど、これほどすてきなものはない。

「これをダーディーにもっていきなさい」パパからライスだけのボウルをわたされた。わたしはうなずいて、おなかがすいて口にたまってたつばを飲みこんだ。あったかいボウルをそっと手にもって、ライスを大きくひとつまみぬすみ食いする。いすが動く音とボウルがテーブルにおかれる音が聞こえて、びくっとする。家のなかでちゃんとしたテーブルで食事するのがまだおかしな感じ。

部屋にはいると、ダーディーは目を閉じていた。名前を呼んで、ごはんだよって声をかけた。反応がない。ライスを鼻の下にもっていって待った。何秒かすると目をあけて、ぎこちなくうなずいた。それから手をふってわたしを追いはらった。顔をみると、やつれてどんよりしている。

「食べさせてあげる」

ダーディーは動かないから、わたしはライスをすこしすくって手にのっけて、ダーディーのくちびるに押しつけた。ダーディーはそれを口にいれてかむ。なん回かくりかえした。ダーディーが手をあげて、もういらないって合図する。

「いい子だね」ダーディーはささやいた。わたしはダーディーの手に自分の手をかさねて、しばらくそのままにしていた。

すこししたらライスがはいったボウルをダーディーの横において、ダイニングルームにいった。

アーミル、パパ、ラーシッドおじさんが食べずに待ってた。アーミルもパパも、とてもつらかったはず。アーミルのとなり、パパのむかいにすわった。そして食べた。ライス、ダール、チャパティは風味《ふうみ》が爆発《ばくはつ》する。こってりしたギー、ひとつぶひとつぶのお米やクミン、ショウガ、ニンニク、タマネギのかおりを感じる。人生でいちばんおいしい食事だった。

だれもしゃべらない。ガツガツ食べたあと、顔をあげてパパとアーミルをみたら、すごいいきおいでチャパティで食べものをすくってる。食べおわっても、みんながおかわりできるだけなべに残ってた。

無言の食事が終わったあと、パパはラーシッドおじさんの肩に手をおいた。

「ご親切にはどれだけ感謝《かんしゃ》してもしきれません」

ラーシッドおじさんはうなずいて、すぐにテーブルをかたづけはじめた。

わたしたちも手伝ってなべとお皿《さら》を洗って、そのあとはひとりずつシャワーをあびた。すっかりきれいになるまでに、ものすごく時間がかかる。茶色い水が排水口《はいすいこう》に流れていって、タンクのお湯をぜんぶ使ってしまうかもって心配だった。ここまで汚いなんて思ってもみなかった。

アーミルとわたしは、まんなかの部屋をふたりで使わせてもらった。パパはダーディーをみまもるためにおなじ部屋で寝る。きれいですがすがしい気分になって、わたしたちは蚊帳《かや》をつるしてベッドにはいった。さわぎがおさまるまでここにかくれていて、そのあともずっとここで暮らせないかなってアーミルはいう。そうできたらほんとうにいいのに。あたらしい家だって納得《なっとく》できる場所があるとしたら、ここだと思う。そのうちカジもここにきて暮らせばいい。そうなるようにママにお願いしていい？　ママはこのベッドで眠ってたの？　あとひとつ。お願いだからダーディーをみまもってて。いまダーディーをうしなうなんて、たえられないから。

ニーシャーより

＊

一九四七年九月一日

ママへ

あたらしい月になった。世界がかわってから十七日。わたしたちの家には、もうほかの家族が住んでるの？　その家族はわたしたちよりしあわせ？　お母さんとお父さんがいて、子どももたくさんいるの？　家がすっかり燃《も》やされたり、カジがひとりぼっちでさみしくしてたりするのは考えたくない。なにもかもがいきいきしてて、菜園にはいろとりどりの野菜がいっぱいで、わたしたちがいたときよりすてきになってるって考えようとする。子どもがもっとたくさん走りまわってて――男の子ふたりと女の子ふたりの四人――、お母さんが食事だよってみんなを呼んで、つめがきれいかチェックして、とくべつな理由がなくてもハグする。お父さんははやくうちに帰ってきて、市場《いちば》で買ったロック・キャンディでみんなをよろこばせて、寝るまえには病院で大活躍《だいかつやく》した話をする。いちばん下の女の子が、クローゼットにいるわたしの人形ディーをみつける。その子には、それがいちばんのサプライズになる。

ニーシャーより

＊

一九四七年九月二日

ママへ

いまいるラーシッドおじさんの家は、国境《こっきょう》まで半分ちょっとのところだってパパがいう。まだなん十キロも残ってる。いつ出発するのかたずねたら、もうすぐだけど、ダーディーがもっと元気になってからだって。わたしはここにいたい。でも閉じこめられてる気分にもなってきた。外に出たらいけないっていわれてる。わたしたちはほんとうはここにいたらいけないから、みつかったらどうなるかわからない。アーミルもわたしも、パパとダーディーが新聞で読んだことを話してるのを聞いた。どっちの方向にむかう人も、歩いたり列車《れっしゃ》にのったりしてるあいだにたくさん死んだ。暴動《ぼうどう》と殺人《さつじん》がつぎつぎと起こってる。やっぱりわからない。先月はみんなおなじ国の一部だった。いろんな民族《みんぞく》や宗教《しゅうきょう》の人がいっしょに暮《く》らしてた。それなのにいまはべつべつになって、憎《にく》しみあわなきゃいけないっていう。パパはラーシッドおじさんのことを心のなかで憎んでるの？　おじさんはわたしたちのことを心のなかで憎んでる？　アーミルとわたしは、この憎しみのどこにいるの？　だれかの半分を憎むことなんてできる？

おじさんは、とても静かに家のなかを動きまわる。怒ってるんじゃないか心配。わたしたちがここにいなければいいのにって思ってないといいんだけど。おじさんはわたしたちのために市場で食べものを買ってきて、井戸から水をくんでくる。この家にたくさん人がいるのがわからないように、ふたつの市場にいってほしいってパパがたのんでるのを聞いた。おじさんはうなずいてた。パパがお金をわたそうとしても、おじさんは受けとらなかった。わたしたちのことを助けたいってことだといいんだけど。

アーミルとわたしは、ことばあてゲームをしたり、ちょっとしたお話をつくったり、おどったりして時間をつぶしてる。お話をつくるとき、わたしはいつも女の子か男の子を主人公にして、その子は銃やナイフや大きなたいまつをもった男の人から逃げる。その子に悪いことが起きたってわたしがいうと、アーミルがなにかいいことをいう。それからわたしがまた悪いことをいう。その反対のこともある。けっきょくその子はいつも死ぬ。毎回まえよりひどい死にかたをさせようとする。死にかたがひどければひどいほど話はおもしろくなる。ひそひそ声で笑おうとして、そのせいでもっとおかしくなる。まえならこんなお話はつくらなかっただろうし、そんなお話がおもしろいとも思わなかったはず。いまはなにも現実と思えないからだってアーミルはいう。アーミルのいうこと、わたしもわかる。

食事の時間がいちばん好き。ラーシッドおじさんの料理を手伝えるから。最初の日の夜からふつうに手伝いはじめて、だれにもやめなさいっていわれない。ダールとかライスとか、トマトとほうれん草のいためものとかチャパティとか、かんたんなものをつくる。だいたいわたしがやる。おじさんはずっとこんなにシンプルな食事をしてたのかな？　使うボウルやお米の量をたしかめはするけど、おじさんはわたしが料理するのがいやじゃないみたい。わたしはカジがいろんなものをつくるのをずっとみてたから、それとおなじものをつくる。でもラーシッドおじさんと料理するのは、カジと料理するのとぜんぜんちがう。おじさんはわたしのほうをみないし、話せないからしんとしている。おじさんにママのことをいっぱいたずねたいけど、こわくて聞けない。たずねられないせいで、またべつの苦しさにおそわれる。がまんしていえないことばがつもりつもって病気になったみたいな感じ。パパがおじさんに話しかけると、おじさんはすぐに字を書いて答える。ぜんぜんいやがってないみたい。アーミルとダーディーもときどきおじさんとそうやって話してる。

ラーシッドおじさんには、どこかみおぼえがある。おじさんの動き、うつむいた顔、まるめた肩。思いだせない。でもおじさんがテーブルからボウルをとって、長い指でそっとつつみこむのをみて気づいた。わたしに似《に》てる。てことはたぶんおじさんはママに似てて、ママとわたしは似てるってことだよね。おじさんにつたえたいけど話せない。家のなかをみてまわって、宝石とかスカーフとか、ママがいたしるしをみつけようとしたけど、そもそも自分がなにをさがしてるのかもわからない。

どうしてわたしはこんなの？　わたしはおじさんとおなじで生まれつき問題があって、話すのがむずかしかったり話せなかったりするのに、みた目でわからないだけなのかも。それとも、わたしがいけないのかな。意気地《いくじ》なしなだけなのかな。ここを出ていったら、おじさんには二度と会えないかもしれない。ママのことを知るたったひとつのチャンスなのに、おじさんにひとことも話しかけられない。アーミルはおじさんに話しかけるけど、おじさんはうなずくか、ひとつかふたつことばを書くだけ。パパとはもっと気やすくやりとりしてるみたいだけど。でもアーミルなら、わたしのかわりにおじさんに質問してくれるかも。

外に遊びにいけたらいいのに。そうしたら、悪いことばっかり考える時間がなくなるはず。うれしいのは、食事して休んだおかげで、ダーディーの体調がよくなってきたこと。いまもたくさん眠るけど、起きてお祈《いの》りしたり小声で歌をうたったりもしてる。たくさん食べるようにもなった。こんやは夕食のあとも起きてパパとリビングにいた。アーミルとわたしはソファに寝ころがってて、わたしはアーミルに百科事典《ひやっかじてん》のサソリの説明を読んであげた。おじさんはダイニングルームにすわって木をほってる。なんだかみんなでこの家にずっと暮らしてて、問題なんてなにもないみたいな気分になる。

家具会社の仕事が終わったあと、市場へいって帰ってくると、おじさんはテーブルのまえにすわって木をほる。小さなボウルと馬をつくってる。わたしはこっそりおじさんをみてる。おじさん、わたしたちにも木のほりかたを教えてくれるかも。おじさんの指の動きは魔法《まほう》みたい。ぎざぎざもでこぼこも、もとからなかったみたいになめらかになる。

ニーシャーより

*

一九四七年九月三日

ママへ

きょうみたことを話すね。ふつうのことだけど、わたしには夢をみてるみたいだった。いろんなことが現実と思えないってアーミルがいうのがこれ。ふつうの人がまぼろしみたいにみえる。

窓《まど》の外をみていた。三十メートルぐらい先に家がある。わたしたちのベッドルームの窓から、その家の裏《うら》のテラスと庭がみえる。枯《か》れ葉《は》が一枚、風でふわふわくるくる飛んでるのをみてたら、いきなりその子が出てきた。どうしてこれまで気づかなかったんだろう？　一瞬目を閉じて、あけたらいなくなってるんじゃないかと思った。でもやっぱりそこにいて、目を閉じるまえよりはっきりみえた。つやつやの黒い三《み》つ編《あ》みが背中にたれさがってて、ふつうに遊んでる。走ってもないしかくれてもなくて、ただそこにいる。アーミルに話そうと思ってすぐにふりかえったら、アーミルはダーディーからもらった新聞の広告に絵をかいてた。床《ゆか》にあぐらをかいて、こっちに背中をむけて絵のうえに身をのりだしてるから、じゃましないでひとりでみていることにした。

女の子は木の枝を地面にならべて円をつくった。それから立ちあがって、小石をそのなかにほうりこむ。目をこらしてその子をよくみた。くるくるまわってにっこり笑って、ひとりごとをいってるみたいに口を動かして、たぶんお母さんに呼ばれて家にはいっていった。よくわからないけど、わたしとおなじぐらいの年っぽい。むこうのほうがちょっと年下かも。きょうだいはいないのかな？　きょうだいがいない子なんて会ったことない。家族になにかよくないことでもあったのかな？

女の子が遊ぶのをみてたら、窓からぬけだしていっしょに遊びたくてたまらなくなる。その気持ちが強すぎて、窓台につかまってなければじっとしてられない。女の子は出てきたときとおなじぐらいあっというまにいなくなった。ねえママ、もし遊ばせてもらえたら、あの子に話しかけるって約束《やくそく》する。せっかくのチャンスをむだにはしない。いまはなにもかもがまえとはちがうみたい。あの子がわたしに気づいたらどうなるんだろう？

ニーシャーより

＊

一九四七年九月四日

ママへ

きょうはあの子をみなかった。あの子のこと、わたしがかってに想像しただけかもしれないし、夢《ゆめ》でみただけかもしれないし、記憶《きおく》がぜんぶごちゃまぜになってるのかもしれないけど、ずっと考えちゃう。きょうはラーシッドおじさんはずっと出かけてて、帰ってきたら外の木の下で木ぼりをしていた。おじさんとなかよくなってママのことをもっと知りたいけど、おじさんはわたしたちといっしょにいたくないみたい。パパとダーディーは新聞を読んでひそひそ声で話しあって、うすいお茶をがぶがぶ飲んでばかり。一日のなかでいちばん楽しいのは、おじさんが食べものをもって帰ってくるとき。わたしも新聞を読もうとするけど、パパとダーディーはわたしにもアーミルにも読ませてくれない。

それでもこっそり見出しをみる。ときどきまとまったことばがみえる。〝インドとパキスタンの高官《こうかん》が新たな暴力の可能性について協議《きょうぎ》〟とか、〝集団間《しゅうだんかん》の衝突《しょうとつ》がつづく〟とか、〝ガンディーが平和をもとめて断食《だんじき》〟とか。そしてパパとダーディーに追いはらわれる。パパはガンディーの断食のことをすこしだけ話してくれた。みんながケンカをやめるまでなにも食べないっていってるんだって。みんなガンディーのいうことなら聞くかも。あしたはほんとうの自由を味わう日になるのかも。夜になると、パパとダーディーは新聞をベッドにもっていってマットレスの下にかくしたり、おじさんにたのんで外にもっていってもらったりする。わたしがもう知ってることを、パパとダーディーはどうしてかくそうとするんだろう——世界はこわれてるって。

ニーシャーより

＊

一九四七年九月五日

ママへ

きょうはすごいことをしたんだ、ママ。知らない人にナイフでおどされたばかりなのに、どうしてあんなことをしたのかわからない。あたらしい世界があぶないのはもうよくわかってるけど、アーミルとわたしは刑務所《けいむしょ》に閉じこめられた人みたいに暮らさなきゃいけないの？　ごめんね、ママ。ママのおうちはすてきなんだけど、さいきんすごくムカムカしてて。どうしてなのか、だれにたいしてなのかわからない。ガンディーが聞いたらなんていうかな？　わたしにがっかりする？　パパはがっかりすると思う。わたしは自由になりたいだけ。イギリスから独立《どくりつ》したら自由になるはずじゃなかったの？　これじゃまえより自由じゃないよ。

アーミルとパパとダーディーがダイニングルームにいるとき、またあの子が出てきた。パパはアーミルがテーブルで絵をかいても、なにもいわなくなった。パパの肩ごしに新聞をこっそりみたりしないってわかってるから。わたしはひとりでもへいき。窓の外をみてたかった。あの子をみたのは夢じゃなかったのかもしれないし。午前中はずっと出てこなかったけど、ランチのあとにみたらいた。まるでずっとそこにいたみたいに。姿《すがた》をみたとき、つめたい水を顔にかけられたような気分になった。想像してるんじゃない。ほんとうにいる。

その子は地面にすわってて、しかめっつらでくちびるをかみながら、髪を三つ編みにしてはほどいてる。編むたびに首をふってほどきはじめる。しばらくすると顔をあげた。わたしは窓台のうえに顔をぜんぶ出した。女の子がこっちをみるのを待つ。パパとダーディーとアーミルのほうは静か。女の子がこっちをむいて、わたしは窓から外に手を出してふった。その子も手をふりかえそうとして手をあげかけたけど、おろしてすぐに家のなかに走っていった。心臓がばくばくして胸が爆発するんじゃないかと思った。わたしがここにいること、あの子が家族に話したらどうしよう？　わたしたち、あぶないことになるんじゃないの？　林のなかの男の人みたいに、だれかがおそってくる？　そのあとはずっと部屋のすみにすわって、自分の足をじっとみてた。たぶん遠すぎてあの子からこっちはみえなかった。そう自分にいい聞かせようとした。わたしが動いたら、なにかおそろしいことが起こりそうでこわかった。

「どうしたの、ニーシャー？」アーミルがたずねてきた。

「べつに」

「でもなんかへんだよ。わかる」

「悲しいだけ」

アーミルはうなずいて、わたしの顔をしげしげとみる。それからやっと口をひらいた。「悲しそうにはみえない。こわがってる」

「いいからあっちいってて」わたしはもごもごいった。アーミルはわたしのことをわかりすぎてて、ときどきそれがいやでたまらない。もう窓の外をみる勇気はなかったから、そのあとはなにもなかった。

ニーシャーより

＊

一九四七年九月六日
ママへ
けさは一秒だけってきめて窓の外をのぞいたら、あの子がいた。きのう手をふったあと、話しにくる人も傷つけにくる人もいなかった。アーミルはベッドにすわって鼻歌をうたいながら空中に絵をかいている。こっちのことは気にしてなくてよかった。女の子は地面にすわってる。なにをしてるのかよくみえない。窓をあけてすこし身をのりだした。草でネックレスとブレスレットを編んでるみたい。わたしも外ではそうやって遊ぶのが好き。家を出るまえのパーティーを思いだす。いとこたちとネックレスを編んだこと。この子と遊ぶの、そんなに悪いことなの？
編みおわったら、その子はまたこっちをむいた。わたしはあけた窓のまんなかのほうに移動して、その子はわたしの目をじっとみる。二、三秒してから、わたしは息をこらしてまた手をふった。こんどはその子もちょこっと手をふって、走って家のなかにもどっていった。からだがゾクゾクする。きらきらのイギリスの包装紙《ほうそうし》につつまれてリボンをかけられたプレゼントをあけたみたいな気分。

「なにに手をふってるの？」アーミルが顔をあげてたずねる。

「べつに」

アーミルは立ちあがって外をみた。それからまたわたしをみる。

「外にだれかいるの？」

わたしは答えなかった。アーミルはガリガリの腰に両手をあててわたしをみて、目がどんどん細くなっていく。一分ぐらいにらめっこしてた。わたしは鼻がぴくぴくしてきて目をそらした。

「となりの家の女の子」そっちを指さしていった。「でも、もういっちゃった」下をむいて、ことばが口からこぼれ落ちる。「あの子もこっちに手をふった」

顔をあげると、アーミルの目がどんどん大きくなっていく。そしてアーミルはにっこり笑った。

「ブリリアント」アーミルは英語でいった。

笑いがこみあげてきてとまらない。アーミルも笑いだす。ふたりでゲラゲラ笑って、涙《なみだ》がほっぺをつたって流れだす。しばらくしたら、笑ってるのか泣いてるのかわからなくなった。むかしパパが、病院をたずねてきたイギリス人のお医者さんをうちにつれてきたことがある。夕食のあと、その人とパパはリビングで葉巻をすいながら英語で話してた。アーミルとわたしは自分たちの部屋のドアのそばにしゃがみこんで、パパたちのようすをこっそりうかがって話を聞きとろうとした。英語はほんのすこししかわからない。パパが話すたびに、相手の人は「ブリリアント」っていう。パパはそのことばがうれしいみたいで、目をきらきらさせてた。アーミルとわたしは、そのことばはパパをとてもよろこばせるすてきな意味にちがいないって思った。ときどきだれも聞いてないとき、おたがいそのことばを口にする。いちばん笑えることば。それを口にすると、なんだかほこらしい気分になる。

あの子のこと、アーミルにかくしておけなかった。アーミルが知らなかったら、ほんとうのことじゃないみたいだから。ほんとうのことであってほしい、ママ。

ニーシャーより

*

一九四七年九月七日

ママへ

けさ、ダーディーとパパが熱心に新聞を読んでるあいだに、アーミルとわたしは女の子を待った。あの子は出てきたけど、こっちをみない。とくになにをするわけでもなく、くるくる歩きまわって、たまにしゃがんで地面をじっとみるだけ。

「なんとかしてメモをわたして、窓のところまできてもらおうよ」わたしはアーミルにささやいた。

アーミルはびっくりしてわたしをみた。目がいたずらっぽくきらきらしてる。

「ぼくらのこと、あの子が人に話したらどうするの？」女の子は地面にあぐらをかいてすわってて、石で土をひっかいてる。

あの子はそんなことしないよって、わたしはいった。話したければとっくに話してるはずだし。

「もし話したらぼくらは殺されちゃうって、あの子にいえばいい」アーミルははっきりいった。

わたしは口をぽかんとあけた。殺されちゃうの？　それってあぶなすぎるかも。あの子とかかわらないほうがいいのかもしれないけど、そう考えたら胸の奥から怒りがわいてくる。わたしののどに知らない人がナイフをつきつけるのはいいのに、裏庭で遊んでいる小さな子にわたしたちが話しかけるのはいけないの？　わたしはアーミルの肩に両手をのせた。「いまはなんでも危険なんだから。わたしたちはあの子と話したいだけ。それぐらいへいきでしょ」

アーミルは考えた。「パパとダーディーがなにをしてるか、ようすをみにいこう」

ふたりで廊下《ろうか》をすすんでリビングを通りぬける。ダイニングルームにはいったら、ダーディーとパパがテーブルから顔をあげた。「ふたりでなにをこそこそしているんだ？」低くかすれた声でパパがいう。

「遊んでるだけ」アーミルがいった。

「遊んでるだって？」ダーディーがたずねる。わたしは肩をすくめて、アーミルは無視《むし》した。ダーディーの顔色がもどってきた。それをみてほっとする。わたしはダーディーのとなりにすわった。ダーディーはわたしの肩をぽんぽんたたいて新聞を閉じる。アーミルは、かるくスキップしながらテーブルのまわりを歩きはじめた。うちにいたときは、庭を走りまわったり、友だちと遊んだり、スキップしてぴょんぴょん飛びはねて学校に行き来したりしてた。こんなことをいうのはひどいけど、ある意味アーミルには、こんなふうに閉じこめられてるより砂漠《さばく》を歩いてるほうがましだったのかも。すくなくとも水があるあいだは。

パパが顔をあげて、いらいらした目でアーミルをみたとき、なにか音が聞こえた。すごく小さな音だけど、鳥じゃない。耳をすましたら子どもの歌声だってわかった。あの女の子の歌声。みんな顔をあげて聞く。こんなにすてきな音、ずっと聞いてなかった。パパとダーディーとアーミルもおなじ気持ちだったと思う。みんなだまってじっと聞いてたから。でもわたしは不安だった。パパとダーディーはアーミルとわたしがなにをしようとしてるか気づいてるかもしれないし、窓の外をのぞいて音がするほうをみようとするかもしれない。もしあの子がパパとダーディーをみたら、アーミルとわたしだけがみられるよりもずっとたいへんなことになるはず。

数分後に歌が終わって、パパとダーディーはなにもなかったようにまた新聞を読みはじめた。どうして知らんぷりして新聞なんて読みだしたんだろう？　質問されたくなかったのかも。アーミルはそっと部屋にもどって、わたしもあとにつづいた。そしてまたあの子をみた。こんどは木の枝で穴をほってる。

アーミルが手のひらに新聞の切れはしをのっけてさし出してきた。

「どこで手にいれたの？」

「ダーディーがくれたページをちぎった。これで小石をくるんで、あの子のそばに投げよう」

「あんなに遠くまでとどかないよ」わたしはいったけど、あの子がこっちに近づいてくるところを思いうかべた。そうすれば窓の外にいるあの子とひそひそ声で話せる。いろんなことがわかるはず。あの子もわたしたちとおなじくらいさみしいのかも。

数秒後、えんぴつをかしてってアーミルにたのんだ。アーミルはすぐにバッグから一本取りだした。すこし考えてからこう書いた。〝窓のところにきて。話がしたいの。でもだれにもいわないで。たいへんなことになっちゃうから〟

アーミルはうなずいた。ラーシッドおじさんのおとなりさん、わたしたちがいるのを知ったら怒るかな？　おじさんがおとなりさんと友だちだったら？　わたしたちがここにいること、もう知ってるのかも。ほんとうはどうなんだろう？

「みはってて」アーミルはメモをつかんで窓から外に出ようとした。

「待って」わたしは小声でアーミルにいった。「外に出るつもり？」

アーミルは動きをとめる。「じゃなきゃ、メモをわたせないよね？」

わたしは窓から顔をだしてあたりをみた。あの子のほかはだれもいない。わたしがなにもいわないうちに、アーミルは窓わくをひょいと飛びこえて、あっというまに外にいた。心臓がばくばくして、顔までずきずきする。アーミルは小石をひろってメモでしっかりつつんで、一メートルぐらいむこうに歩いてから女の子のほうへ投げた。石が地面に落ちたら、その子はちらっとそれをみてから顔をあげて、飛んできたほうをみた。びっくりした顔をしてる。アーミルは窓によじのぼって部屋にもどってくる。ふたりとも数秒のあいだは外からみえない窓の下にしゃがみこんでて、それから勇気をだしてのぞいてみた。女の子は小石のところにゆっくり歩いていって、それをひろいあげる。わたしたちの窓のほうをみて目を細めて、紙をひらいてメモを読んだ。またわたしたちのほうをじっとみて目を細める。アーミルとわたしはもうすこし顔をつきだした。

「うまくいったね」アーミルがいう。

わたしはうなずいた。女の子はあたりをみまわして、ゆっくりこっちへ歩いてくる。アーミルとわたしが息をころしているうちに、あの子はどんどん近づいてくる。石でできた低い境界線《きょうかいせん》をまたいで、おじさんの家の敷地《しきち》に足をふみいれた。あと三メートルぐらいのところまできたとき、その子が思ってたより年下だってわかった。たぶんまだ九歳ぐらい。アーミルが口のまえに人さし指を立てた。

「ひそひそ声で話して」アーミルはいう。

その子はうなずいて近づいてきた。「だれ？　顔がこわれた男の人はどこにいっちゃったの？」アーミルが目で問いかけてくる。なんて答えればいいのかわからないみたい。わたしは口をひらいたけど、くらくらしてたおれそう。口を閉じた。そして首をふった。

「話すのが得意じゃないんだ」アーミルがわたしを指さしていう。「ぼくらミルプール・ハースからきたんだよ」

「ずっとここにいるの？」

「ううん。国境にむかってるところ」

「ああ」女の子は事情がわかったみたい。目を大きくひらいた。「てことは、ここにかくれてるの？」不安そうな顔になっていく。

「だから、ぼくらに話しかけられたことは、だれにもいっちゃだめだよ」アーミルはいった。

女の子はビクビクしながらすばやくあたりをみまわして、あとずさりしはじめた。

「いかないで」わたしは小声でいって、その子の手をつかもうとするみたいに腕《うで》をのばした。でもとどかない。「みつからなかったら、だれにもなにもされないから」ちょっとだけ声を大きくしていった。

アーミルは口をぽかんとあけてわたしをみる。

わたしはアーミルをキッとにらみつけた。女の子はアーミルとわたしをかわるがわるみる。ここにいていいのか、まだ迷《まよ》ってるみたい。

「名前は？」わたしはたずねた。

「ハファ」はずかしそうにその子はいう。

「わたしはニーシャー。こっちはアーミル」

そのとき、アーミルがわたしのわき腹をひじでつついた。「いすが動く音が聞こえた気がする」

わたしはうしろをふりかえって、耳をそばだてた。

「いかなきゃ。あしたもこっそり会いにきて。だれにもいわないでね」すごくしんけんな声でわたしはいった。

その子はうなずいて、自分の家のほうにスキップしていった。

玄関《げんかん》のドアがひらいて閉じるギイという音が聞こえる。ラーシッドおじさんが帰ってきたんだ。

「おじさん、なにか気づいたかな？」アーミルが耳もとでささやく。

「道から家の裏はみえないと思う。でもどうだろう」またドキドキしてくる。でもねママ、いってもいい？　すごくうれしくて、そんなことはどうでもよかった。

「あの子と話したね」アーミルがいう。わたしはただうなずいた。うれしさが手足の先までつたわってくる。

「ニーシャー、アーミル、夕食の準備《じゅんび》を手伝いにきてくれ」べつの部屋からパパに呼ばれた。

ラーシッドおじさんのところへいって、袋《ふくろ》から食べものを出すのをみる。サツマイモがいくつか、インゲン豆、タマネギふたつ、キュウリ二本。お肉はいちども買ってきたことがないけど、わたしはチキンやマトンが食べたくてたまらない。おじさんが食べないのか、わたしたちが食べないと思われてるのかわからない。もしかしたら高すぎるのかも。でも、サツマイモを食べるところを想像したらよだれが出る。最後に食べたのはいつだろう。おぼえてない。カジのサツマイモのレシピはひとつも知らないけど、タマネギとインゲン豆といっしょにいためればいい。甘さ、しょっぱさ、スパイシーさをいっぺんに味わえる。

わたしはそでをまくりあげて、野菜をきざむスペースをつくってから料理にとりかかった。ラーシッドおじさんがナイフをわたしてくれる。

ハファと話したあとは気分がかわった。なんだかあたらしい人間になれそう。「ありがとう」わたしはおじさんにいった。

ラーシッドおじさんはびっくりした顔でわたしをみて、わたしはラーシッドおじさんの目をみた。おじさんはうなずいて口をぴくぴくさせる。それからお米をはかりはじめた。ふたりとも無言で料理して、できあがったら、いためた野菜とライスをわたしがすくってボウルにいれた。
「すばらしい」パパはしげしげと料理をみて、おなかをぽんぽんたたいた。あかるいオレンジのサツマイモをさいの目に切って、インゲン豆とタマネギといっしょにいためたもの。みんなゆっくり味わって食べた。アーミルはいつもすごいスピードでがっつくから、味がわかるのかなってふしぎだったけど、そのアーミルすらゆっくり楽しんでるみたい。お皿をかたづけて、アーミルとわたしが洗いものをぜんぶした。

パパとダーディーはこんや最後のお茶を飲んでて、おじさんはいつもみたいにテーブルで木をほってた。

わたしは深く息をすった。アーミルがわたしをみてる。
「なにをつくってるの？」おじさんにたずねて、字を書く小さな黒板を手わたした。

ダーディーとパパが新聞をおろしてこっちをみる。ラーシッドおじさんは手をとめて、道具と小さな木片《もくへん》をおろした。ほりはじめたばかりで、まだぜんぜんかたちがわからない。おじさんはゆっくり慎重《しんちょう》に黒板とチョークを受けとる。〝人形〟っておじさんは書いた。むかしの家にいた人形、ディーのことを考えて、おなかがきゅっとなる。わたしはうなずいたけど、口がカラカラでことばが出てこない。顔がかっとあつくなる。わたしは首をふった。

ラーシッドおじさんはわたしの顔をじっとみる。
〝口がお母さんにそっくりだね〟おじさんは書いた。パパとダーディーをみた。ふたりはかたまってるみたい。アーミルが近づいてくる。

〝きみの目はお母さんの目にそっくりだ〟おじさんは書いて、アーミルのほうにさし出す。アーミルは目のはしをさわった。

〝きみたちの顔をみられて、すごくうれしい〟おじさんはつづけた。

おじさんはママを知ってる。わたしたちの顔にママをみた。なんだかべつの世界がひらけたみたい。

「おじさんは……あ、じゃなくてママって」アーミルがつっかえながらいう。「ママって、おじさんにやさしかった?」

おじさんはうなずく。

〝きみたちが生まれるまえから、ママはきみたちのことを愛していたよ〟

ダーディーが小さなうめき声をあげる。泣いてるみたい。パパはせき払いした。からだがとけちゃいそう。「ありがとう」わたしはささやいた。ずっとそれを聞きたかった。わたしたちがくぐりぬけてきたことが、ぜんぶむくわれた気分。インドがひきさかれた。壁《かべ》がやぶられた。そしてあたらしいものがひらけた。このことがわかった。ママはわたしたちを愛してた。

ニーシャーより

*

一九四七年九月八日

ママへ

けさははやく目がさめた。アーミルはまだ眠ってた。眠ってるときのアーミルは小さな子どもみたいで、ほっぺにふれたくなる。うちにいたとき、アーミルがなかなか起きてこないと、ほっぺをつついて、はれぼったい目がひらくのをみた。もぞもぞ動きだして、にぎったこぶしで目をこすって、ずっと小さな子みたいにわたしをみつめる。起こされて怒ることはいちどもなかった。

キッチンへいくと、ラーシッドおじさんがパタパタ働《はたら》いてて、ストーブに火をつけてお茶をいれるお湯をわかしてる。わたしに気づいて、口が横に大きくひろがる。おじさんはそんなふうに笑うんだって、いまはわかる。パパはもうダイニングルームのテーブルできのうの新聞を読んでた。ダーディーはまだ眠ってる。

「おはよう」おずおずといったら、おじさんがうなずく。お茶の用意ができたら、おじさんはプーリー用の油をあたためはじめた。毎朝うちでカジがやってたのとおなじ。牛乳をくれたから、わたしはすわって飲んだ。それからボウルにはいった小麦粉をわたされた。立ちあがって小麦粉に水をそそいで、手ばやく生地《きじ》をまぜて小さな玉をいくつかつくる。それをのばしてひらべったい円にする。おじさんに手わたして、あつい油であげてもらう。生地がひとつひとつふくらんでいくのをみてると、すごくひさしぶりにあかるい気分になった。みんなで席について、あたたかいプーリーをダールといっしょに食べた。わたしはプーリーのまんなかを割ってダールをなかにいれるのが好き。思いっきりかぶりついて、さらさらとカリカリをいっしょに味わう。朝ごはんのあと、おじさんに肩をつつかれた。びっくりして、ちょっと飛びあがった。おじさんは黒板をこっちにみせる。〝あの人形はきみのためにつくってる〟そしてあら削《けず》りの小さな木片を指さした。おじさんが作業するときにすわるいすにおいてある。頭と肩のかたちがなんとなくわかる。わたしはもう人形で遊ぶ年じゃないけど、そんなことおじさんにはぜったいにいわない。いすのそばにいって木にふれて、でこぼこを指で感じる。まだ角《かど》が残ってる。

「ありがとう」ちよこっと頭をさげていった。「ずっとたいせつにする」

なにかがかわった。ここにいるのが楽しくなってきた。ここが自分の家みたいな気がしてきた。たくさん歩いて、のどがかわいて、つかれて、おなかがすいて、ナイフをもった人におそわれて、それでもみんな生きのびた。ママがわたしたちのことを愛してたって、ラーシッドおじさんに教えてもらった。おじさんと話した。ハファと話した。そのおかげでわたしは強くなった気がする、ママ。強くいさましくなった。いまはこれまでにないぐらい希望がもてる。しばらくここにかくれてたら、みんな怒ってるのを忘れて、ハファと友だちになれるかも。ほんとうの友だちに。ラーシッドおじさんとほんとうの家族になれる。

そのあとアーミルとわたしは、パパとダーディーが新聞を読みはじめてラーシッドおじさんが出かけるのを待って、窓ぎわにいって外をながめた。大声で歌をうたったりお話をしあったりして、パパとダーディーには遊んでると思わせた。ハファはしばらく出てこなかった。こわがらせちゃったのかもと思いはじめて、ふたりとも窓の下にからだをずるずるおろした。壁にもたれかかって目のまえをじっとみつめる。部屋のすみにきちんとおいてあるバッグとマットをみる。毎朝パパはわたしたちに荷物の準備《じゅんび》をさせるし、アーミルはもう出発するのかたずねる。パパは首をふる。

「じゃあいつ?」アーミルはいう。ほんとうに出ていきたいみたい。家のなかに閉じこめられるのがいやなのは知ってるけど、外で死にそうになったのは忘れたの?

「できるだけ長く安全なところにいたい」パパはいう。「ここにいられることに感謝《かんしゃ》しなければいかん」

「ならどうして毎日荷物の準備をしなきゃいけないの?」アーミルはいうけど、パパは答えない。

パパもずっとここにいたいのかも。わたしはだまってうつむいてた。またハファと話すことしか考えられない。ハファの姿がみえるまで待った。ハファは外に出てきたけど、わたしたちに気づいてないみたいにふるまう。土に絵をかいて、うたって走って側転《そくてん》する。ぐちゃぐちゃになった三《み》つ編《あ》みをほどいて、また編む。それからやっと振《ふ》りむいて、ちらっとこっちをみた。アーミルが窓の外に手をふる。ハファはなんどもこっちをちらちらみて、また髪《かみ》をいじりだした。どうしてこっちにこないの? わたしほど友だちになりたいとは思ってないってこと?

ハファはあたりをみまわしてから歩きだして、窓のそばまできた。そのあとにハファがいったこと、ぜんぶ思いだしてみるね、ママ。

「みてるのはわかってたけど、すごくこわかったから。いまお父さんは出かけてて、お母さんは奥の部屋でぬいものをしてる」ハファはいった。「お母さんは窓のそばにいないよ」

「どうしてきょうだいがいないの?」アーミルがたずねて、わたしはアーミルをにらみつけた。そんなことをたずねるのって失礼じゃない? でもわたしはハファのほうをむいた。わたしも知りたかったから。

「いるよ。お兄ちゃんがふたり。ずっと年上なの」

無言でおたがいの目をみる。いすが床《ゆか》をこする音が聞こえた気がした。みんなうごけなくなったけど、もうなにも聞こえない。

「お兄ちゃんたち、どこにいるの？」小さな声でわたしはたずねた。話すときは、まだ耳のなかで心臓《しんぞう》がドキドキする。

ハファは片方の足で土をけった。顔をあげたけど、目が悲しそう。

「わかんない。たいまつをもった男の人たちがきて、ヒンドゥー教徒とシク教徒をみんな村から追いだそうとしたんだけど、そのときにふたりとも出てったの。その人たちといっしょにパキスタンのために戦いにいった」

またしんとした。アーミルが話しだす。

「てことは、ハファはぼくらのことを好きになっちゃいけないってこと？」

わたしは息をのみこんだ。どうしてそんなことというの？　アーミルの口を手でふさいで部屋の奥にひっぱりこみたかった。そういうことは話したらいけないって、パパにいわれてたのに。

「そっちもあたしのこと好きになっちゃいけないんでしょ。あたしはイスラム教徒だから」ハファがいう。

「でもそんなのおかしすぎるよ」わたしはいった。ハファをみてると、おなかの奥がぎゅっと痛くなる、うまく説明できないけど、この子と友だちになることしか考えられない。

「友だちはみんな村を出ていっちゃった。ヒンドゥー教徒やシク教徒だったから」ハファはまた目をふせる。

みんな口をつぐむ。自分がいいたいことはわかってる。頭のなかで練習《れんしゅう》した。みじかいことば。すごくみじかいことば。からだのなかを血がかけめぐる。胸も耳もドキドキする。せき払《ばら》いしてくちびるをなめた。口をひらいて、また閉じる。それからまたひらいて、ことばを押しだした。

「わたしのママはイスラム教徒だったんだ」わたしはいった。「ここに住んでるのは、わたしたちのおじさん」

アーミルがわたしをじっとみる。

「そうなの？」ハファがほんのすこし笑顔になる。

「うん」アーミルがいった。「つまりぼくらは両方の側《がわ》にいるってこと」

「いいなあ」ハファがいう。

「かもね」アーミルがいう。「そんなふうには感じないけど」

「てことは、ずっとここにいるの？」ハファは一瞬つま先立ちになって、また足をおろした。

「そうできたらいいけど」わたしはいった。

アーミルがわたしをみて首をふる。「でもむりなんだ」

「どうして？」ハファがたずねる。

「ママは死んじゃったから」アーミルがいう。「ほかの人たちには、ぼくらはヒンドゥー教徒でしかなくて、出ていかなきゃいけない」

「そうなんだ」ハファがいう。「悲しいね、お母さんのこと」

「悲しい」アーミルがいって、わたしもうなずく。

「ちょっとだけなかにはいってもいい？」ハファがいった。「この窓からはいるから。いまならお母さんは気づかない。ぬいものをしてるときは、なにも気づかないの」

アーミルとわたしは顔をみあわせた。パパかダーディーが廊下を歩いてくる音が聞こえたら、すぐにハファを出せばまにあうはず。アーミルは部屋のドアをそっと閉めた。

「ふたりとも新聞を読んでる」アーミルがいう。「あやしいとは思われないよ」

ハファはあいた窓からひょいとなかにはいってきた。

わたしの呼吸がたちまちはやくなる。「いいのかな」ふるえる声でわたしはいった。

「合図をきめておこう」アーミルがいう。「いすが動く音や足音や声を聞いた人は、頭のうえに手をのせる。そうしたらハファは窓からとび出る」

ハファとわたしはまじめにうなずいた。ハファの三つ編みはわたしより長い。ほどけたけど、ハファはヘアゴムをもってなかった。髪がばさっと顔にかかる。両手をうしろにまわして髪をまとめようとしてる。

「手伝ってくれる？」きらきらしたすきとおった目でハファがいう。

「わたし？」びっくりして立ちあがって、わたしは自分を指さした。

「三つ編みのやりかた知ってる？　自分じゃうまくできないんだ。きょうはお母さんがきつく編んでくれなかったし、ゴムもみつけられなかったの。髪にひもは使いたくないから緑のリボンだけでしばってたんだけど、どっかいっちゃった」笑顔がしかめっつらにかわる。

「わかった」声がちょっと大きくなりすぎた。ハファはくるっとうしろをむいて、わたしはハファの髪を自分の手にそっとあつめていく。小さいころ、ダーディーにやりかたを教えてもらった。ハファの髪はやわらかくてなめらかで、ごわごわでうねうねしたわたしの髪とはちがう。あつめた髪を三つにわける。アーミルはだまってわたしたちをみてる。外側のたばをほかのふたつのあいだにひとつひとつ、できるだけきつく編みこんでいく。

「痛かったらいってね」わたしはいった。

「だいじょうぶ。きつく編んで」

最後のひと編みをおえると、ハファはこっちをむいた。

「どう?」ハファがたずねる。

ハファの顔をみると、髪がうしろできれいにまとまってる。黒い目のまわりにはびっしりまつげがはえてて、小さな口がにっこり笑ってる。

「きれい」わたしがいうと、ハファは笑って三つ編みをさわった。

「わたしもやってあげようか?」ハファにいわれてやってもらった。からまったわたしの髪をほどきながら、ハファはゆっくり手を動かしていく。はずかしい。

「いまはブラシがなくて――」

「へいきだよ」わたしがいいおわるまえにハファがいった。「三つ編みにしたらかわいくなるよ」

編みおわって、ハファは自分の作品にみとれる。「ずっとよくなった」

わたしは、はにかみながらにっこりした。

「足音が聞こえる」アーミルが小声でいって手を頭にのせた。それ以上話すまもなく、ハファは窓からとび出た。ダーディーがドアをあけてこっちをみる。

「だれかと話してなかったかい？」

「おたがいのほかに、だれと話すっていうの？」すぐにアーミルが答えた。

「知らないけど」ダーディーはまだ疑《うたが》わしそうな目でこっちをみてる。

「三つ編みにしたんだね」ダーディーがいった。

わたしは三つ編みをさわってうなずいた。

「ぼくが手伝ったんだよ」アーミルが胸をはる。わたしは横目でちらっとアーミルをみた。どうしてわざわざそんなこというの？　うそだってばればれなのに。

「そうかい」ダーディーはいって、ゆっくり離《はな》れていった。

ダーディーがいなくなると、アーミルとわたしはへなへなと床にへたりこんだ。

「よけいなこといわないでよ」わたしはささやいた。

「じゃあニーシャーがしゃべってよ。ぜんぶまかせきりにしないでさ。ハファとはふつうにしゃべってたじゃん」

わたしは肩をすくめて壁に頭をもたせかけた。自然と顔がにんまりする。どうしてハファとはふつうに話せたんだろう？　いまでもハファの髪のなめらかさを手に感じる。パパがこのことを知って、ハファのお父さんとお母さんも知ったら、わたしたちはふたりともさみしくて、友だちになりたいだけってわかるんじゃないかな。友だちでいるのがあぶないなんて、おかしくない？

ニーシャーより

＊

一九四七年九月九日

ママへ

きょうもハファがきた。

「いいものもってきたよ」窓の外でハファがいった。

アーミルとわたしは窓から顔をつきだした。

「手を出して」こっちをみてハファがいう。

「わたしに？」自分を指さしてわたしはたずねた。ほかの子からなにかもらったことなんてあった？　そっと手を外に出した。

ハファは赤くて細いリボンをわたしの手に押しこんだ。

「お母さんがあたらしいのを買ってくれたんだけど、長すぎるから半分に切ったの」ハファはうしろをむく。しっかり編んだきらきらの三つ編みの先に、小さなリボンがついてる。お母さんにやってもらったんだと思う。「だからひとつあげる」

わたしはそれをにぎりしめて、いまにも泣きだしそうになった。

「ありがとう」なんとか口にする。

「どうして悲しそうな顔してるの？」

「ええっ、悲しくないよ」わたしはいった。「すごくしあわせ」

「ふたりがここにいて、とってもうれしいんだ」こんどはアーミルをみながらハファはいう。

「ひとりぼっちですごくさみしかったから。ずっとここにいてくれる？」

「いることになるかもしれないよ」アーミルがいう。「なぜかわからないけど、おとながぽんってきめることとかあるから」

わたしはうなずいて、ハファもうなずく。パパにたのんでみてもいいかも。みんなそのうちケンカはやめるでしょ？　リボンをみせてってアーミルにいわれたけど、いすを動かす音が聞こえて、アーミルが「逃げろ」ってささやいた。ハファは窓から出ていった。ハファに三つ編みにしてもらいたかったし、リボンもつけてもらいたかったけど、そうしたら、そのリボンはどうしたんだいってダーディーにたずねられる。パパは気づかないかもしれないけど。いすの音はかんちがいだったみたいで、だれも部屋にこなかった。でも、ハファはもうもどってこなかった。リボンは汗ばんだ手にずっとにぎってて、あとでママのかざりや宝石といっしょに小さなポーチにいれた。ここじゃつけられない。ハファが気を悪くしなければいいんだけど。あした説明するつもり。ママ、話をできるほんとうの友だちができたよ。信じられる？

ニーシャーより

＊

一九四七年九月十日
ママへ
きょうアーミルとわたしは、窓から顔をつきだして待ってた。ずっと待ってるとパニックがおそってくる。もう会えなかったらどうしよう？　そう思ってたら、三つ編みを左右にゆらしながらやっとハファが走ってきて、わたしはつま先立ちでぴょんぴょんはねた。きょうはあつくて乾《かん》燥《そう》してたから、ハファのまわりに砂ぼこりがまう。話したことをまたぜんぶ書いておくね。忘れたくないから。

「ごめん」ハファはいった。窓のまえでぜいぜい息をしてる。「けさはお母さんに掃《は》きそうじと洗たくを手伝わされたの」ハファはこっちをみあげる。わたしの髪はぼさぼさで、顔のまわりでこんがらがってる。

「どうしてリボンをつけてないの？」ハファは三つ編みにした自分の髪をつかんでなでる。

「すごくつけたいの」わたしはいった。「でもパパにたずねられるのがこわくて」

ハファはうつむく。「だよね」

「こんなにすてきなもの、はじめてもらった」気づいたら口からことばが出てた。

「ほんと？　ただのリボンの切れはしだよ」ハファの顔がまたあかるくなる。

「うちにいたとき、ニーシャーは友だちがいなかったから」アーミルがいう。

わたしはにらみつけたけど、アーミルはほんとうのことをいってるだけ。わたしに友だちがいないのを知ってたから、アーミルも友だちをつくりにくかったのかも。サビーンのことは数にいれてないみたい。わたしのことをみすててるみたいな気分だったのかも。いろいろ考えてたら頭がいっぱいになって、足音が聞こえなかった。アーミルが小さく声をあげるのが聞こえて、肩をつかまれる。だれもなにもいうまもなく、ハファはくるりとうしろをむいて走って家に帰っていった。

「さんざんひどい目にあっただろう？　みんなを死なせたいのか？」パパに小声でしかりつけられた。目がこわい。いつもならどなられるけど、ここでは大声を出せないってパパもわかってる。

もう逃げられない。

「あの子はだれにもいわないよ」アーミルがいう。

「おまえはなにもわかっていない」パパが身をのりだして、パパの顔がアーミルの顔のまんまえにせまる。つばの小さなつぶがパパの口から飛んで、アーミルのほっぺにあたる。アーミルは動かない。

「お願いパパ、アーミルに怒らないで。悪いのはわたしなの。話ができる友だちがほしかっただけ」わたしはいった。

パパは怒った目をわたしにむける。「どうだかな。それがほんとうなら、もっと話せとおまえにいってきたのはまちがいだった。口を閉じているほうが、みんなのためになるのかもしれん」パパのことばがずしんとおなかにひびいて、ずきずき痛む。はずかしくてのどがきゅっとなる。

パパは首をふった。「もうこの家にはいられない」パパが部屋を出ていく。わたしとアーミルは棒立《ぼうだ》ちで、からだのわきに両腕をだらりとさげたまま取りのこされた。アーミルがわたしの手をにぎる。しばらくそのまま立っていて、それからベッドにすわった。パパがダーディーに話してる声と、ダーディーの「まあ、なんてこと」って悲しそうな声が聞こえる。

部屋を出るのがこわい。アーミルとわたしはだまってずっとすわってて、晩ごはんの時間になってパパに呼ばれた。だれも話さない。だれもわたしたちをみない。ラーシッドおじさんは知ってるの？　食べものをかむ音と、ボウルにスプーンがあたる音しか聞こえない。わたしはまっ白でからっぽの気分だった。いまでもそう。もう悲しくもないしこわくもない。ただからっぽ。

パパのいうとおりだと思う。わたしが話さないほうが、みんなのためになるんだ。わたしは話さない、ママ、もう二度と話さない。ラーシッドおじさんみたいになる。ほんとうになにかいわなきゃいけないときは、あとで消せるように黒板に書く。

ニーシャーより

＊

一九四七年九月十一日

ママへ

あけがたに出発した。出ていくしかないし、ラーシッドおじさんを起こしたくないってパパはいう。命をかけてここに残るか、命をかけて列車《れっしゃ》にのるかのどっちかだから、国境《こっきょう》をこえようとするほうがいいって。わたしたちにはそれしか道がない。ダーディーにはまる一日歩ける体力がないってパパはいう。

ハファとわたしは、おたがいの髪を三つ編みにしたり、毎日話したり、ひみつをうちあけあったりするふつうの友だちにはもうなれない。ママのことを想像するだけじゃなくて、ラーシッドおじさんからママのほんとうの話を聞きたかったのに、それももうできない。ぜんぶあとに残していく。

おじさんが眠ってるあいだに、パパとダーディーがそっと荷物をまとめた。パパは自分のバッグにサツマイモひとつ、ピーマンひとつ、トマトふたつをいれる。おじさんのうちにあった新鮮《しんせん》な食べものはそれでぜんぶ。それにチャパティをたくさんと、お米の大きな袋をひとつ。

ママの一部がまたわたしから失われる。わたしの心臓はふたつに割れて、二度ともとにもどらない。どうしてあんなに必死になってハファと話さなきゃいけなかったんだろう？　列車で死んだら、それも自分たちのせいだ。生きのびたとしても、このはずかしい気持ちが消えることはある？

マットと蚊帳《かや》をまるめてバッグをもちあげた。こんなにお世話になったのに、ラーシッドおじさんにちゃんとさよならをいえないなんておかしい。おじさんはまたひとりぼっちになる。おじさんは、わたしたちがいるのがうれしくなってきてたと思う。さいきんは夜に木をほりながらハミングしてた。つくりかけの人形がおじさんのいすにおいてある。あとすこしでできあがるのに。またべつのするどい悲しみがおそってくる。人形をもっていったほうがいいのかな？　でも、もっていったらしあげられない。パパとダーディーが動きまわってるあいだに、さがしものをするふりをしてすこし部屋にもどって、すばやくはっきりこう書いた。

ラーシッドおじさんへ
わたしのせいで出ていかなければならなくなりました。友だちがほしかっただけなんです。友だちがほしくてたまらなくて、どうなってもかまわないって思ったこと、おじさんもありますか？　また会えたらうれしいです。いっしょに料理《りょうり》してくれてありがとう。ママのことを話してくれてありがとう。人形のことは気にしないでください。かわいくしあがって、高く売れますように。いつか遊びにきてください。どうかゆるしてください。
めいのニーシャーより

でもメモをおじさんに残していくチャンスはなかった。パパにみつかって、くだらない日記を書くのをやめなければ取りあげるぞっていわれたから。すぐに日記帳をバッグにしまって、パパにせかされて外に出た。メモはいつか郵便《ゆうびん》で送るかも。すこしのあいだ外に立って、朝の光のなかでまばたきしてた。これからどうなるのかわからないけど、ずっとかくれていたあとだから、なんでもかんたんに思える。家を出るとき、ダイニングルームのテーブルにおいてある黒板にパパがおじさんへのメッセージを書いててびっくりした。ひとこともらさずにおぼえてる。

親愛なるラーシッドへ

とつぜん出発しなければいけなくなりました。となりの家の女の子にみられたので、気をつけてください。ご親切にはいくら感謝《かんしゃ》してもしきれません。わたしたちのせいで危険な目にあわないといいのですが。ファリアがみまもってくれています。ファリアを感じます。ありがとう。

ママの名前をみたとき、わたしは息をのんだ。ママのことはいつもママって呼んでて、いつもママって考えてた。ママの名前を忘れてることに気づいてなかった。でも、こんなふうにパパが書いた〝ファリア〟って名前をみた。つめたい水を顔にかけられた気分。ファリア、ファリア、ファリア。その名前を聞くと、わたしのお母さんってだけじゃないひとりの人間としてのママがいたことを思いだす。この名前を書くとゾクゾクする。

「どうしてラーシッドおじさんにさよならをいわなかったの?」家から一、二メートルくらい離《はな》れたところでアーミルがささやいた。声の奥に涙が聞こえる。

「できるだけおじさんを巻きこまないほうがいい。おまえたちふたりがあんなにバカなことをしなかったら、ちゃんとおわかれをしていただろう。父さんはおまえたちの身をまもろうとしているんだ、わからないのか?」パパはうすくなった白髪《しらが》まじりの黒い髪をかきむしる。こんなにうろたえてるパパ、はじめてみた。もっと怒ってるのはみたことあるけど、いまはちがう。目は焦《しょう》点《てん》があってない。声はいつもより高い。

大通りにたどりつくのがはやければはやいほどいいってパパはいう。そうすれば目立たなくなるからって。すぐに何キロかすすんだ。休みはなしで、歩きながら水、野菜、チャパティをみんなでまわした。村の近くまでくると人がふえはじめる。人ごみに近づくにつれて、パパの目が不安で大きくなる。手をはなすなってパパにいわれた。

アーミルとわたしはしっかり手をつないで、パパはわたしの手とダーディーの腕をにぎる。四人組でくっついてゆっくり歩いて、お昼には村にはいった。列車のきっぷを買う列には百人ぐらいならんでる。わたしたちもそこにならんだ。まえにいる人たちはたいてい家族づれで、汚《よご》れてくたびれてみえる。おたがいなにも話さない。故郷《こきょう》にいたときの市場《いちば》とお祭りのことを考えた。みんながみんなと話して、どのピーマンがよく熟《う》れているか、だれが結婚《けっこん》するのか、だれに赤ちゃんが生まれたのか、だれが病気なのか、だれがひっこすのか、いろいろおしゃべりする。なんでもかんでも、みんなの口からすらすらことばが出てくる。

「数時間ごとに列車がくる」パパがいう。

わたしたちはうなずいて、えんえんと立っていた。列はじりじりすすんではとまる。きっぷは売り切れで、つぎの列車がくるまで売りませんって駅員《えきいん》さんが大声をはりあげる。太陽がてりつける。ちょびちょび水を飲みながら、体重を左右の足に交互《こうご》にうつす。まえにならんでる家族には赤ちゃんがいて、お母さんがその子をだっこひもでわきにかかえてる。ほかに小さな男の子もふたりいた。男の子たちはこっちをじっとみてたけど、お父さんに肩をゆさぶられてまえをむいた。

列車がくると、姿《すがた》がみえるまえに音でわかる。金属《きんぞく》と金属がこすれる音、キーっていうブレーキの音。みんながそっちをむいて、走りはじめる人もいる。たくさんの人が列を離れてのろうとした。列車には人があふれてて、空気をもとめて窓から顔を出したり、屋根にすわったり、両側につかまったりしてる人もいる。パパが重たい手をわたしの肩にのせた。

「離れていなさい。つぎの列車を待たなければならん」

怒った人たちがきっぷをふりかざしている。ふみ台にのぼって、むりやりのりこもうとする人もいる。若い男の人たちが屋根にのぼる。車掌《しやしよう》さんが出てきてみんなを押しかえそうとしたけど、人が多すぎてとめられない。わたしたちは離れたところからみていた。わたしたちのまえの男の人が家族に大声をあげはじめる。「つぎの列車も満員だろう。こんなときにきっぷなんかなんにもならん！」

男の人はこっちをむいた。「あの列車にのったほうがいい。つぎがいつくるか、わかったもんじゃない」

「混みすぎですし、あぶなすぎますよ」パパはいった。

つぎの列車にものれなかったら、こっそりラーシッドおじさんの家にもどるのかな。そうだったらいいのに。

男の人は、妻、赤ちゃん、男の子ふたりといっしょに走った。男の子がひとりころんで、おおぜいの人がその子をまたいで列車へむかう。とつぜんその子がみえなくなったけど、残りの家族は気づかない。男の人が乗車口をみつけてステップまで走っていって、家族に手をふる。ステップをのぼって息子をひとりひっぱりあげた。そのとき、もうひとりの子がいないのにお母さんが気づいた。大声をあげて、必死に男の子をさがしてまわる。ほかの人たちが割《わ》りこんで、男の人と息子のひとりは車両のなかに消えた。もう列車が動きはじめてる。お母さんは赤ちゃんをつれて走ってて、ころんでた男の子が立ちあがってお母さんをみつけた。その子はお母さんを呼んで手をふる。お母さんは立ちどまってその子を抱《だ》きよせて、列車が走っていくのをみてた。男の人ともうひとりの子はいってしまった。

パパに知らせなきゃって思った。パパのそでをひっぱった。

「なんだ?」どなり声がかえってきた。パパの目はギラギラ光ってる。

わたしは女の人を指さした。まだ十メートルぐらい先の線路のそばにしゃがみこんでて、赤ちゃんと男の子といっしょに泣いてる。男の子がお母さんに腕をまわしてなぐさめようとしてるのが、人ごみのすきまからみえる。でもパパにはみえてない。

「なんだ?」パパはまたいった。

「どうしたの?」アーミルがいう。ことばが口から出てこない。相手がアーミルでも。脳《のう》がその部分のスイッチを完全に切ってしまったみたい。メモを書こうと思って日記帳とえんぴつをさがした。いまはたくさんの人が走りまわったり、大声をあげたり、押しあいへしあいしたりしてるけど、わたしたちは列にならんだまま。どうしてパパはあの家族のことに気づかなかったの?どう説明すればいい? わたしは息をのみこんだ。べつの家族が女の人のところにいってなぐさめてる——お父さん、お母さん、お姉さんふたり、弟ふたり。

わたしはまた指さした。

「ニーシャー」イライラしながらパパはいって、あたり一面の人の海をみている。「指さすだけじゃわからないから、ことばでいえ」

女の人はほかの家族に助けおこされてるみたい。その家族が話しかけて、手をかしてあげてる。たぶんパパにできることはない。

わたしは首をふってうつむいた。だれもあの女の人を助けなくて、わたしが説明できなかったらどうなってた？　わたしは役立たずだ。みんなに列車にのってもらって、わたしだけ残ればよかった。そうすれば水と食べものが必要なからだがひとつへったのに。役立たずのわたしのからだが。

やっときっぷを買って、数時間後にまた列車がきた。そのときには列のまえのほうまですすんでて、線路のそばに立ってた。

パパは腕をひろげて、わたしたちをそばにあつめた。「おりる人を待つな！　すぐにのるんだ！」まわりの音に負けないように大声でいった。

わたしは息をとめた。その場からいなくなる勇気がなかった。パパとアーミルがわたしをさがさなきゃいけなくなって、わたしたちはみんな列車に乗れなくなる。そうなったら、わたしはいまよりもっと役立たずになる。

あたらしいうちにたどりついたら、いつか朝にそっとドアからぬけだせばいい。みんなさがすだろうけど、わたしがいないほうがいいってすぐに気づくはず。わたしは小さくてしゃべらないちっぽけな人間で、人をむやみに怒らせたり、友だちになっちゃいけない子と友だちになりたがったりするし、お母さんと子どもを助けるために話すことすらできない。

　列車がとまった。パパがすばやく列車をみる。こんども人でいっぱいみたいだけど、もういかなきゃいけない。あの女の人が目にとまった。またすわってて、赤ちゃんをそっとゆすりながら男の子とからだをよせあってる。あの人たち、これからどうなるの？

「いくぞ」パパがいって、ひらいたドアのほうへわたしたちを押しやった。わたしはアーミルの手をしっかりにぎって、ダーディーはわたしのもう片方の腕をつかんで、パパはうしろからわたしたちを押す。階段をかけのぼって車両になだれこんだ。席はぜんぶうまってる。すみずみまで人でいっぱい。通路の奥へ移動した。

　むんとしたしめっぽい空気が鼻につく。ひどいにおいがつんときて、目をぎゅっと閉じた。あたりをみまわしながら、人を押しわけて奥にすすむ。みんな汚れてて、おなかがすいてて、おびえてる。たぶんなん日も列車にのってる人もいるんだと思う。のれなかった人の叫《さけ》び声《ごえ》や泣き声が外から聞こえる。車掌さんたちが人を遠ざけようとして、それから列車が動きだした。さようなら、カジ。さようなら、ラーシッドおじさんとママのおうち。さようなら、ハファア。さようなら、むかしのインド。

ニーシャーより

＊

一九四七年九月十二日
ママへ
みると思っていなかったものをみた。男の人たちがケンカしてた。血が流れた。もし列車がとまって、もっとケンカが起こって、もっと人が死んだらどうしよう。わたしたちも死ぬかも。これをみつけた人がいたら、ミールプル・ハースのカジ・サイードへ送ってください。わたしたちのことを忘れないで。インドがひとつだったときのことを忘れないで。

ニーシャーより

＊

一九四七年九月二十六日
ママへ
最後に書いてから二週間たった。しばらく書けなくて、ママにつたえられなかったけど、いまは書かなきゃいけない。ここに書いたら、それをかかえて生きていくのをママが手助けしてくれるかも。最後に書いたのは列車のなかだった。そのあと一時間ぐらいして、列車がスピードを落としはじめた。床にすわってたから窓の外はみえなかったけど、外をみてる人がたくさんいた。
「どうしてゆっくりになったんだろうね」ダーディーがいう。
「やつらが列車をとめようとしてる！」男の人が声をあげた。
パパがわたしたちの腕をつかんで立ちあがらせた。人をたくさん押しのけて、パパも外をみる。

わたしはダーディーの手に気づいた。うすくてかわいた茶色い肌《はだ》の下に、くすんだ青灰色《せいかいしょく》の血管《けつかん》がみえる。血管を指の先までたどる。指先はふるえてる。おぼえてるのはそれだけ。そのあとすべてがかわった――地震《じしん》のときにゆれる壁にかかった絵みたいに、ダーディーの指がぶるぶるふるえてた。ママ、やっぱりまだ書けない。書けると思ったけど、気分が悪くなる。またあしたためしてみる。

ニーシャーより

＊

一九四七年九月二十七日

ママへ

今回はできるだけ書くって約束《やくそく》する。思いだせないこともある。記憶《きおく》がまっ白になってるところもある。もっといろんなものをみたのかも。でも、思いだせることを書くね。

男の人がたぶん四人ぐらいいて、その人たちが線路をふさいでたんだと思う。わたしが知ってるのは、ブレーキが音をたてて列車のスピードが落ちたことと、みんなまえに投げだされて、かさなりあってたおれたことだけ。からだがひっくり返って足が人の顔にのっかる。アーミルとダーディーはわたしのうえにどさりとたおれた。すこしして、みんなからだを起こした。

まわりがみえるまえに叫び声が聞こえた。ダーディーの手がふるえて、音がどんどん大きくなる。怒《おこ》った足が地面をふんで土をへこませる音。おなじ車両の女の人たちは子どもを近くにひきよせた。ダーディーとアーミルとわたしはできるだけ低いところでからだをよせあって、パパは窓の外をみる。

「もどれ」パパがいきなり大声をあげて、わたしたちをドアからひきはなして車両の奥へ押しやった。車掌さんがふたり、わたしたちを押しのけてとおっていく。大声をあげてるっていうより叫び声をあげてる感じで、ナイフをふってる。ひとりは銃《じゅう》をもってる。おとなの男の人の金切り声、ママは聞いたことある？　すごくふしぎ。なにもかもがスローモーションで起こってるみたいで、自分が自分のからだのなかにいないみたい。ナイフをのどにつきつけられたときとおなじ感覚。列車の床で眠って夢をみてるんだったらいいのにと思った。

男の人たちは階段《かいだん》をのぼりきってて、車両にはいってこようとしてたけど、車掌さんが下まで押しかえした。みんな武器をふって、耳をつんざくような高い声をあげてる。まるで人間じゃないみたい。車掌さんがはだしのわたしのつま先をふみつぶしていった。みおろすと、つめの横から血が出ている。血がつま先に流れていくのをみてたらアーミルにひっぱられて、いっしょにダーディーのほうへいった。

パパはわたしたちのまえに立って、両手をひろげてわたしたちをまもってる。ダーディーとアーミルとわたしは、ほかの女の人や子どもたちといっしょにしゃがみこんでた。すぐそばにいるお母さんは三人の子どもをしっかりだいている。赤ちゃんひとりと、小さな女の子ふたり。片方の女の子の息がほっぺにかかる。すっぱいにおいがした。女の人たちはお祈《いの》りをとなえてる。アーミルとわたしはおたがいの手をしっかりにぎってて、わたしはこんなふうに思ってた。もし死ぬのなら、弟といっしょにここで死ねてよかった。弟はもう半分のわたしだから。

外で争いがはじまった。それをみようとして、パパもほかの乗客も窓に押しよせた。アーミルにひっぱられて、わたしたちもたくさんある窓のひとつにたどりついた。知らない人たちの頭に自分の頭を押しつけて、いちばん下のすきまから外をみる。男の人たちがなぐりあったり切りつけあったりしてる。ヒンドゥー教徒は人殺しだって、ひとりがわめく。イスラム教徒こそ人殺しだって、列車のなかの人たちがなじる。ことばに反応して、列車から飛びだしてケンカに加わる乗客もでてきた。妻たちが腕をひっぱって、いかないでってすがりつく。血が流れる。たくさんの血。ひとりの足がざっくり切られて、ほかの人ののどがかき切られる。胸をさされる人もいる。そして銃声《じゅうせい》がひびく。シク教徒の人たちもいて、みんなが殺しあってる。イスラム教徒の人がたおれる。ヒンドゥー教徒の人がたおれる。シク教徒の人がたおれてターバンがほどける。のどをかき切られて白目をむいたイスラム教徒の人が地面に横たわってる。すぐとなりにはヒンドゥー教徒の車掌さんがたおれてて、胸からドクドク血が流れてる。ふたりは近くに横たわってて、手と手がふれてる。こんなふうに死んでいくんだ。わたしはみてた、ママ。あの人たちがそんなふうに死んでいくのをみてた。

列車が動きだした。生きのびたヒンドゥー教徒の人たちがまた列車に飛びのる。地面にたおれて死んでいく人たちがみえる。なんのために死ぬの？　わからない。また仕返しがあるの？　全身がふるえる。人が殺されるところなんて、みたことなかった。それをみてわたしはかわった。だれたいていの人はいい人だと思ってたけど、いまはだれでも人殺しになれるのかもって思う。だれが最初だったの、ママ？　インドがバラバラになってきまったとき、最初に人を殺したのはだれ？

　列車が走りだすと、すぐにふっと頭がかるくなって、なにもかもがまっ暗になった。ほかはなにもおぼえてない。しばらくしてパパにゆさぶり起こされた。アーミルとダーディーは、わたしのとなりでからだをよせあってる。わたしは気をうしなったの？　列車の床で寝ちゃったの？　どれだけ時間がすぎたの？

　パパはわたしの肩をそっとゆする。目がうるんでる。「アーミル、ニーシャー、ついたぞ」パパはいった。

ニーシャーより

＊

一九四七年九月二十八日
ママへ
　いまどこにいるかすら、ママにはつたえてなかったよね。いまはジョードプルにいる。あたらしいインド。むかしのインドはぜんぶなくなった。スパイスのお店のうえにある、部屋がひとつだけのアパートで暮《く》らしている。ラージおじさんとルペーシュおじさんがみつけてくれた部屋。小さなキッチンがあって、そこに流しとストーブがある。床はひびのはいった緑と黄色のタイルでおおわれてる。シャワー室は床《ゆか》に排水口《はいすいこう》があって、チェーンをひっぱるとつめたい水がどばっとふってくる。トイレはアパートの外の廊下《ろうか》のつきあたり。水がでるのは一日に数時間だけなんだけど、水道があるだけでもありがたい。ついたときは砂とアリだらけだったけど、できるだけきれいにそうじした。それでもやっぱり、暗くてほこりっぽい部屋ひとつで暮らすのはたいへん。いつまでここにいるのかわからない。

なぜだかわからないけど、歩いてるときはひとりになるのを想像できなかったし、なりたいとも思わなかった。でも安全になったいまは、丘のうえにあったむかしの家の庭で日がしずむのをみたり、アーミルがいないときに部屋にひとりきりでいたり、パパの部屋やキッチンをこっそりのぞいたりしたのが恋しくなる。それにラーシッドおじさんの家、ママの家も恋しい。外には出られなかったけど、それでもソファに横たわって本を読むのが恋しい。

いまは木のテーブルといすと、寝るときに全員のマットをひろげるスペースがあるだけ。砂岩《さがん》の壁にはなにもかかってない。屋根がある。生きている。危険もない。文句なんていえる？　ここまでたどりつけなかった人がたくさんいるのに、どうして文句なんていえるの？　ラージおじさんとルペーシュおじさんとその家族は、すぐそばのおなじようなアパートで暮らしてて、わたしたちのうちやおじさんたちのうちにあつまって食事をする。いとこ五人とアーミルとわたしはマットをかこんで床にすわって、へこんだ金属《きんぞく》のお皿《さら》をひざにのせる。ここでみんなに会えるのはうれしいけど、失ったもののことしか考えられない。わたしはひどい人間なのかな？

マンゴーの木のことをよく考える。すごくたくさんあった。夕暮れどきの虫や鳥の声のことを考える。サトウキビのことを考えて、カジのことを考える。いつもカジのことを考える。カジがいなくてもへいきって思いたいけど、すごくさみしい。ある意味、カジはたったひとりのほんとうの友だちだったから。

ジョードプルはあつくて大きい街《まち》。この街で好きなのは、だれもわたしたちを殺そうとしないことと、きれいな青にぬられた家がたくさんあることだけ。

いつかいやな夢はみなくなるのかな？　列車でみたことを考えなくなるのかな？　ずっとラジオがついてるみたいに、毎日そのことが頭をかけめぐる。ここにたどりついたあと、ここに落ちついて危険がなくなったあとに、パパから聞いた。国境をこえようとして、どっちの側もなん千もの人が死んだんだって。わたしたちのことは神さまがみまもってくださっていたのかもしれないってパパはいう。いつもなら、ぜったいにそんなことはいわないのに。それにわたしたちがいたところは、それほどあぶなくなかったんだって。ありとあらゆる人が——男の人も女の人も子どもも——考えられないようなかたちで殺されたし、いまも殺されてるってパパはいう。列車の停車場には、国境の両側から死者がいっぱい運ばれてきてるんだって。みんながおたがいを責めてる。ヒンドゥー教徒、イスラム教徒、シク教徒、みんながひどいことをしてる。でもわたしがなにをしたっていうの？　パパやダーディーやアーミルがなにをしたの？　カジがなにをしたの？　毎晩いやな夢をみて目がさめるのをだれのせいにすればいいの、ママ？　だれかのせいにちがいない。みんなのせいなのかも。

ニーシャーより

＊

一九四七年十月三日

ママへ

ここへきてもうすぐ三週間。しばらく書かなかった。どうしてだろう。わたしの脳《のう》みそは、へどろでいっぱい。いつも悲しくてしかたない。いまはしあわせなはずじゃないの？

先週からアーミルとわたしは学校にかよいだした。いまはヒンディー語を勉強してて、そのおかげで考えたくないことは考えなくていい。でも、声に出してヒンディー語を話すことはない。パパはクリニックの仕事をみつけた。ダーディーはアパートをなんどもなんども掃《は》いて、またうたって、こっそり手紙を書いてる。わたしはいまもだれとも話さない。アーミルとさえも話してなくて、アーミルもなにもたずねてこなくなった。アーミルは学校で友だちができるだろうし、あまり気にしなくなると思う。アーミルにまで口をつぐんでるのはひどいと思うけど、どうしてもしゃべれない。わざとじゃない。ただことばが出てこない。ことばが声になるのを思いうかべたら、すごくうるさい気がして、その音のせいでだれかがほんとうに傷つくんじゃないかって思う。すくなくともパパとアーミルにはいまのほうがまし。ここにきてからパパはアーミルにやさしくなって、宿題を手伝おうとしてる。たぶんパパはあのときアーミルが永遠にいなくなるとほんきで思って、それがどれだけつらいことかわかったんだと思う。

それにパパは、口をきいてほしいって、なんどもわたしにたのんでくる。きのうの夜はわたしのまえにひざまずいて、目に涙をためていった。ラーシッドおじさんの家を出るとき、きびしくしすぎたのなら悪かった。いまはもう、あのときのことはまったく問題ない。たいせつなのは無事に生きているってことだって。ゆるしてほしいってパパはいう。できることがあったら教えてほしいって。こんなパパはみたことない。なんて答えればいいの？　わたしが話さないほうがみんなのためになるって？　わたしが口にできるのはだれも聞きたくないことばだけだし、話したくてもからだが話させてくれないって？　わたしはパパの肩に手をおいた。〝わたしはだいじょうぶ、パパ〟紙きれに書いてみせた。パパはそれを読んで、もうそんなにむりに勇《ゆう》かんでいなくてもいいっていった。すごくびっくりしてえんぴつを落っことした。パパはわたしを勇かんだと思ってるの？　いったいどうしてそう思うわけ？

毎日、放課後《ほうかご》にアーミルとダーディーといっしょに市場《いちば》へいって食べものを買う。いまは料理《りょうり》はぜんぶわたしがしてる。パパとダーディーがそうさせてくれる。ラージおじさんとルペーシュおじさんの家族にも料理をする。わたしがおとなになって料理人になるとしても、もうだれも反対しない。うれしいはずなのに、うれしくも悲しくもない。ただやらなきゃいけないだけ。お米がたけるにおい、新鮮《しんせん》なトマトをナイフで切る感触《かんしょく》、フライパンにぶつかるタマネギとマスタードシードのじゅうじゅういう音。それだけが気分をましにしてくれる。

きのうの夜はラージおじさんがラジオをもってきて、夕食をとりながらみんなで聞いた。きのうはガンディーの誕生日《たんじょうび》だった。ガンディーは断食《だんじき》して、つむぎ車で糸をつむぎながら誕生日をすごしたんだって。ラジオのアナウンサーがいってた。たくさんの人がガンディーのところへいってお祝いのことばをおくったけど、ガンディーはよろこんでなかったらしい。ヒンドゥー教徒とイスラム教徒がまだ戦って殺しあっているから、すごく悲しがってるんだって。わたしにはガンディーの気持ちがわかる。ガンディーは糸をつむいでるとき、たぶんわたしが料理してるときみたいに心が落ちつくんだと思う。

ニーシャーより

＊

一九四七年十月五日

ママへ

学校に気になる女の子がいるの。すごく小さな子で、髪は三つ編みのふたつむすびにしてる。わたしについてくるんだけど、なにも話さないし、もちろんわたしもその子になにも話さない。教室でとなりにすわって、ランチのときもとなりにすわって、ふたりともだれとも話さない。ときどきその子はこっちをみてにっこりするけど、目をあわせるのがこわいから、わたしはすぐにうつむく。その子の名前すら知らない。ジョードプルの子なのかな、それともわたしみたいにほかからきたの？　人が死ぬのをみた？　わたしがみたのよりひどいものをみた？　たずねてみたいけど、たずねられない。わたしはこわれてる。こわれたうえに、またこわれてる。

学校はまえの学校よりずっと大きい。それに共学で男子も女子もいる。学校にもどれてうれしい。ことばを書いたり、計算したりするのに集中して、ほかのことはなにも考えないようにするのが好き。えんぴつの先はいつもツンツンにとがらせてる。でもその女の子が目のまえにちらつく。ほうっておいてくれたらいいのに。

ニーシャーより

*

一九四七年十月十五日
ママへ
すごいことがあったんだ。まだほんとうだとは思えなくて、ママにも話してない。もうちょっとあとにならないと書けないと思う。夢をみてるんじゃないかってこわいから。書いたら目がさめちゃいそう。ママからのプレゼントだと思う。じゃなきゃ、こんなことありえないよね？

ニーシャーより

*

一九四七年十月十八日
ママへ
三日たって、もう夢じゃないって信じてるから、書いてもいいと思う。アーミルとわたしが学校から帰ってきたら、うちの小さなアパートの裏の階段へつながる小道に男の人がしゃがみこんでた。うずくまってて、ガリガリで汚《きたな》らしくて、髪《かみ》もひげもぼうぼうでごわごわ。アーミルがわたしの腕《うで》をつかんだ。

「クリニックにパパを呼びにいこう」そっといって、アーミルはわたしをうしろにひっぱった。

わたしはうなずいたけど、うちにいるダーディーのことを考えてた。市場へいくために外に出てきたらどうするの？　男の人はすごく弱ってるみたいで、あぶなくはなさそう。手をこっちにのばしてきたから、アーミルとわたしはあとずさりした。

「アーミル、ニーシャー」しわがれ声で男の人がいう。どうして名前を知ってるの？　ガリガリの顔をあげてこっちをみて、目と目があう。知ってる目。知ってる声。ずっと高い波のてっぺんにのってて、やっと岸に打ちあげられた気分。

「カジ」わたしはささやいて、くずれるようにひざをついた。カジの名前はすぐに口から出てきた。声がこの瞬間《しゅんかん》を待ってたみたいに。

アーミルがかけつけて、カジに手をかして立たせた。そしてカジを抱きしめる。わたしは両手に顔をうずめて、泣きながらふるえてた。顔をあげるのがこわかった。カジだってかんちがいしただけで、ほんとうは食べものをさがしてるどこかの人なんじゃないかってこわかった。

「ニーシャー」アーミルに呼ばれる。「手伝って」

ゆっくり顔をあげてみる。やっぱりカジだ。顔がゆがんでて泣いてるみたいだけど、涙《なみだ》は出てない。そばまで歩いていって、あかがこびりついた手をそっとにぎる。かすんだ目のむこうで、カジの手の甲《こう》の皮をかるくつまんだ。水がなくなったとき、パパがわたしにしたみたいに。皮は小さなこぶになって、もとにもどらない。

「お医者さんにみせなきゃ」わたしはアーミルにいった。「お願い、パパを呼んできて」いきなりことばを話せるようになってふしぎ。アーミルは一瞬わたしをじっとみた。

「お願い」もういちどいって、アーミルの胸をかるく押した。「わたしはカジをうちにつれてあがる」

「ほんとうに？」

「うん。お願いだからいそいで」

アーミルはカジの腕にふれてから走っていった。

「どうやって――」話しはじめたら、カジにとちゅうでさえぎられた。

「あとで」カジはなんとかことばをしぼりだす。

人にとめられるぐらい、わたしはたくさんしゃべったんだ。カジにとめられるぐらい。カジがあんなに弱ってて調子が悪そうじゃなかったら、わたしはうれしくて飛びはねてたと思う。うそみたいって思った。わたしたちは列車で死んで生まれかわって、いまはべつの人生を生きてるのかもって。カジがわたしのからだに腕をまわす。つんとする汗っぽいにおいがする。このにおいはわたしも知ってる。歩いてここにたどりついたときのにおい。苦しいにおい。なんとか階段をあがって、ダーディーのところへいった。

「まあ！」わたしたちがはいっていくと、ダーディーは声をあげて手を口にあてた。

「カジだよ、カジだよ」自分のことばが信じられない。

ダーディーはうなずいてすこし泣いて、カジをいすまでつれていった。カジはいすにへたりこむ。わたしはカジのまえにひざまずいて、ダーディーは水とライスをとりにいった。

　コップをくちびるにもっていくと、カジはゆっくり水を飲んだ。すこしずつライスを食べさせて、だんだん量を増やしていった。

「ゆっくりね」ダーディーがいう。まだ涙を流してて、カジの手をなんどもなんどもなでる。

　カジがここにいる。わたしたちといっしょに。

　パパが帰ってきたら、わたしの声はひっこんだ。パパは頭のてっぺんからつま先までカジをしらべて、心臓《しんぞう》の音を聞いて血圧《けつあつ》をはかった。もうすこし食べたり飲んだりさせたあと、パパがカジをシャワールームにつれていって、からだを洗うのを手伝った。そしてパパのマットをしいてカジを寝かせる。みんなカジのまわりにしゃがみこんだ。

「じっとしてられなくて、みつけにきた。みんなはぼくの家族だからね。ほら、自分の家族はいないから。きょうだいはいない。親は死んだ。ダーディーが手紙で住所を教えてくれたから」そういってカジは深い眠りに落ちた。

「奇跡《きせき》だよ」ダーディーはしくしく泣きながらカジの手をにぎる。

　その夜パパは、うすい毛布をしいて床で寝た。一枚しかないシャツをまるめてまくらにして。アーミルもわたしも自分のまくらを使ってもらおうとしたけど、ことわられた。

「カジは元気になる？」寝るまえにアーミルが小声で聞いた。

「だいじょうぶだよ」パパはうなずく。

「カジもここでいっしょに暮らせるの？　だってカジは――」アーミルがたずねようとした。

「家族だからな」パパはそれだけいった。

眠るとき、すごくおだやかな気分だった。こんな気持ちになったのははじめて。わたしたちはまたいっしょになった。ネルー、ジンナー、インド、パキスタンにいいたい。戦って人を殺してる人たちにいいたい――わたしたちをひきさくことなんてできない。愛をひきさくことなんてできないんだから。

ときどき考える。おなじ道を歩いておなじ国境をこえた人がなんの理由もなくたくさん死んだのに、どうしてわたしたちは生きられたんだろう。あの苦しみにも、あの死にも、理由なんてなかった。線が一本ひかれただけでどうしてひと晩で国がかわるの？　わたしには一生理解できないと思う。

でも、カジがどうなるのかはもう考えなくていい。カジがべつの家族と暮らすのか、考える必要はない。こんな気持ちになるのははじめてで、すてきな宝石みたいにいつまでもみつめてたくなる。やっと心の穴がふさがれた。またカジと料理ができる。話ができる。なぜかはわからないけど、わたしが話したい相手はカジだけだから。

ニーシャーより

*

一九四七年十一月一日
ママへ

　ほかにもまだママに話してないことがあるんだ。ママがかいた絵をカジが一枚もってきたの。額《がく》をはずした油絵で、折りたたんだせいで絵の具がはがれてる。たまごをのせた手の絵。カジがそれをみせてくれたとき、わたしは気を失いそうになった。この絵がわたしにとってすごくとくべつなこと、どうしてわかったの？　わたしの心はむかしの家へ、パパがママの絵をしまってた場所へまいもどる。ママの一部がまたここにある。むかしの暮らしの残《ざん》がいから、わたしたちのところへ運ばれてきた。パパがカジに近づいていって、それを受けとった。

「ありがとう」パパはカジの肩に手をおく。目には涙がうかんでるみたいだったけど、まばたきすると消えた。それが数週間まえのできごと。きのうパパがうちに帰ってきたあと、壁に絵をかけた。パパはママがかいた絵をまた額にいれていた。まえよりもずっと小さくなったけど、たいせつなところはかわらない。手。たまご。パパはテーブルのうえの壁にそれをかけた。

　カジはまた料理をしてて、わたしはただの助手じゃない。カジとわたしは小さなキッチンでいっしょに料理する。カジは元気になるとすぐにアーミルといっしょに市場へいって、サイバージーの材料を買ってきた。これからもずっと、サイバージーはふるさとを思いだす料理。ほうれん草、タマネギ、とうがらし、いろんな材料をテーブルにならべる。わたしはすりばちとすりこぎを出してきた。寝るときのマットのそばのバッグにずっとしまってあった。ここにきてからみたくなかったから。悲しすぎて。スパイスはふきんでくるんで石にぶつけてくだいてた。

　すりばちとすりこぎをカジにさし出す。カジはにっこり笑ってうなずいた。

「いい子だ。いまはもうニーシャーのだよ」

すりばちを洗ってクミンシードをひとつかみいれた。すりこぎで押しつぶす。ひんやり重たい大理石《だいりせき》を手にもって。スパイスをつぶすのがこんなにしあわせだなんて、思ってもみなかった。

パパはもっとたくさん部屋と家具がある大きなアパートをみつけようとしてるけど、わたしはなんとなくいまのこの場所が好き。これからもずっと、ここはわたしたちがあたらしい命を生きはじめた場所になる。カジがもどってきた場所。愛されてるのを感じられた場所。カジは命がけでわたしたちのところへきてくれた。わたしはおなじことをできたかな?

それでも、もっとひろくて、ちゃんとしたベッドがあったらいいなって思う。むかしの家の敷地《しきち》、いちばん大きな部屋、廊下、わたしたちの部屋、パパの部屋、書斎《しょさい》、菜園《さいえん》、カジの小屋を思いうかべる。うちがとてもお金持ちだったこと、貧乏《びんぼう》になるまで知らなかった。でもパパがクリニックでいっしょうけんめい働《はたら》いてるから、ずっとこのままってことはないと思う。ジョードプルは悪くない。すごくあついけど、人はやさしい。だれもカジのことはたずねない。みんなたんたんと自分の仕事をするだけ。カジは外でトーピーをかぶらなくなった。それをどう思ってるのかはわからない。服はパパのを着てる。パパがみつけてきた小さなマットをしいて、いまもお祈りをする。小さな声でとなえるお祈りのことばを聞くと、わたしは心がみたされる。ときどきそのうしろでダーディーのかん高い歌声も聞こえる。ダーディーのヒンドゥーの歌とカジのイスラム教のお祈り。いっしょにかなでられる、きれいでゆたかな音楽。

日記をあまり書かなくなってごめんね。たぶんふつうの暮らしになってきたからだと思う。でも、このスペースをママのためにつくってよかった――わたしたちのためのスペース。必要になったら、ここにくればいつでもママに会える。いつでもたいせつなことはママに話すって約束《やくそく》する。なにがあってもママをひとりぼっちにはしないから。

学校の女の子のこと、おぼえてる？　ついにあの子が話しかけてきたんだ。名前をたずねられたんだけど、答えられなかった。うつむいてひざをみただけ。そしたらその子、びっくりすることをしたの。身をのりだしてきて、わたしの肩に手をおいた。そして、だいじょうぶだよ、しゃべらなくてもへいきだよっていってくれたんだ。涙がこみあげてきた。ノートに〝ありがとう〟って書いて、その子にみせた。それから〝わたしの名前はニーシャー〟って書いた。その子はスミタっていうんだって。学校の女の子にこんなにやさしくされたのははじめて。

わたしはきめた。なにがなんでもスミタと話せるようになる。ほんとうの友だちがいるところをママにみてもらいたいし、ハファといっしょにいたときとおなじ気持ちになりたい。時間はかかるかもしれないけどがんばる。だってスミタは、わたしがわたしのままでいいっていってくれたはじめての子だから。わたしは勇気を出したい、ママ。たぶんもう勇気があると思う。

ニーシャーより

用語解説

ここにあげているのはこの本に出てくることばで、インドとパキスタンでよく使われているものです。

アールーティッキー　タマネギとスパイスを加えてつくるじゃがいものパティを油であげたもの。

イスラム教徒　イスラムの宗教の信者。イスラム教は七世紀に預言者《よげんしゃ》ムハンマドによってはじめられた。イスラム教徒はクルアーンという教典の教えにしたがう。いまは世界におよそ十六億人のイスラム教徒がいて、その大多数が中東、北アフリカ、中央アジア、南アジアで暮らしている。

ウマルコート　パキスタンのシンド州にある町。

カージューー・カトリー　つぶしたカシューナッツに甘《あま》みをつけてつくるダイヤモンド形のおかし。

ギー　すました、あるいは煮《に》つめて乳固形分《にゅうこけいぶん》と水分を取りのぞいたバター。

キール　たいていお米と牛乳を使ってつくる甘いプディング。カルダモン、サフラン、レーズン、ナッツなどで風味《ふうみ》をつける。

グラーブ・ジャンムー　油であげた粉乳《ふんにゅう》のボールをバラのシロップにつけたデザート。

クリケット　バットとボールを使う、とても人気のある競技《きょうぎ》。インド、パキスタン、イギリス、オーストラリアなど世界じゅうでプレーされている。

クルター　チュニック風の長いシャツ。

ケバブ　スライスしたり挽《ひ》いたりした肉の料理《りょうり》。串焼《くしや》きにすることが多い。野菜やチーズが使われることもある。

サイバージー　ほうれん草のカレー。ミールプル・ハースの街《まち》があるパキスタンのシンド州でよく食べられる。

サモサ　油であげた小さな三角形のペストリー。なかにはスパイスで味つけした野菜や肉がはいっている。

サリー　女性が着る服。装飾的《そうしょくてき》な生地《きじ》でできていて、とくべつな方法でからだに巻きつける。

サルワール・カミーズ　女性の衣服《いふく》。シンプルなものもあれば華《はな》やかなものもある。サルワールはすそがしぼられたズボンで、カミーズは長いチュニック・シャツ。

ジー　名誉《めいよ》や尊敬《そんけい》を示すための名前につける接尾辞《せつびじ》（〇〇さん）。たとえばガンディージーなど。

シク教徒　シク教の信者。シク教は、指導者《しどうしゃ》ナーナクの教えをもとに十五世紀にインドのパンジャーブ地域で生まれた。シク教徒は大多数がインドのパンジャーブにいるが、世界のあらゆる場所で暮らしている。いまは世界じゅうに二千六百万人をこえるシク教徒がいる。

シタール　フレットのついた弦楽器《げんがっき》。インドの古典音楽でもっともよく使われる。

ジョードプル　インドのラージャスターン州にある中規模《ちゅうきぼ》都市。
ダーディー　ヒンディー語、シンド語、ウルドゥー語で父方の祖母《そぼ》をさす。
ダール　皮なし半割りのレンズ豆やエンドウ豆とスパイスでつくるシンプルなシチュー。乾燥《かんそう》した皮なし半割りのレンズ豆やエンドウ豆をさすこともある。
タブラー　手でたたくふたつひと組の太鼓《たいこ》。ひとつがもうひとつより大きい。インドの古典音楽でよく使われる。
チャパティ　発酵《はっこう》させない小さなひらべったいパン。フライパンで焼く。
ディーワーリー　楽しくてみんなが好きなヒンドゥー教の祝日。五日間にわたってひらかれる光の祭典《さいてん》。準備《じゅんび》として家をきれいにして飾《かざ》りつける。あたらしい服を着て、神あるいは神々に祈りをささげる。また友人や家族とあつまって、ろうそくに火をともしたり、花火をしたり、プレゼントを交換《こうかん》したり、食事をしたりする。暗やみにたいする光の勝利をあらわす祝日。
ドゥパタ　たいていサルワール・カミーズという衣装《いしょう》とともに身につけるスカーフ。
ドーティー　男性用の衣服。一枚の生地を腰に巻きつけて脚《あし》をおおう。
トーピー　インドとパキスタンでイスラム教徒の男性がかぶる礼拝用《れいはいよう》の円形の帽子《ぼうし》。
バーンスリー　竹でできた横笛《よこぶえ》で、インドの古典《こてん》音楽でよく使われる。
パコーラー　じゃがいも、カリフラワー、ピーマンなどの野菜を切り、味つけしたころもをつけて油であげたスナック。
パラーター　層《そう》になったひらべったいパン。たいていじゃがいも、タマネギ、ほうれん草をつめる。

パンジャーブ州　分割《ぶんかつ》前、イギリスの支配下にあったときのインドの州。分割後はふたつに分かれ、西側はパキスタン、東側はインドの一部になった。この地域では分割のあいだに激《はげ》しい暴《ぼう》動《どう》とおそろしい暴力が起こった。

ビンディ　ヒンドゥー教徒の女性がときどき額《ひたい》のまんなかにつける点。宗教《しゅうきょう》、階級《かいきゅう》、結婚《けっこん》しているかどうかといったさまざまなことをあらわす。

ヒンドゥー教徒　ヒンドゥー教の信者。ヒンドゥー教はいまでも信仰《しんこう》されている世界最古の組織的宗教で、いくつかの神や聖典《せいてん》――ヴェーダ、ウパニーシャッド、マハーバーラタ、ラーマーヤナ――にもとづいた多様性のある哲学《てつがく》をそなえている。いまは世界に十億人をこえるヒンドゥー教徒がいて、その大部分がインドで暮らしている。

プージャー　ヒンドゥー教の祈《いの》りの行為《こうい》。たいてい神へ食べもの、花、火のついたろうそくなどをそなえる。

ブラフマー神、ビシュヌ神、シヴァ神　宇宙の創造、保存、破壊《はかい》をになうとヒンドゥー教徒が信じるヒンドゥー教の三つの神。ブラフマー神は宇宙の創造者。ビシュヌ神は保存者。シヴァ神は破壊者で、ブラフマー神がまた創造する。

プーリー　油であげた発酵させていないパン。油であげるときにふくらむ。

マトンビリヤニ　バスマティライス、マトン（ヤギや成長したヒツジの肉）、ハーブ、スパイスでつくる米料理。

マハーバーラタ　インドの古代の叙事詩《じょじし》。これまでに書かれた最長の叙事詩でもある。ヒンドゥー教のおもな聖典のひとつ。戦争中のふたりのいとこたちの集団、カウラヴァとパーンダヴァの運命を追う。

ミールプル・ハース　パキスタンのシンド州にある中規模都市。

ラスマライ　やわらかいチーズを甘くてクリーミーなソースにつけたデザート。

ルピー　インドとパキスタンの基本的な通貨単位《つうかたんい》。

ローティー　フライパンやオーブンでつくるひらべったいパンの総称《そうしょう》で、チャパティとおなじ意味で使える。

著者あとがき

一九四七年八月十四日から十五日にかけて、インドはイギリスの支配から独立《どくりつ》して、インドとパキスタンというふたつの共和国《きょうわこく》にわかれました。この分割《ぶんかつ》にいたるまでには、インドのヒンドゥー教徒とインドのイスラム教徒の数百年にわたる宗教対立《しゅうきょうたいりつ》がありました。インドがふたつの国に分かれることを望まない人もたくさんいましたが、最終的に指導者《しどうしゃ》たちがそれに合意したのです。

インド各地の特定の場所で、ときおり紛争《ふんそう》が起こります。けれども分割の前には、イスラム教徒、ヒンドゥー教徒、シク教徒、それにパールシー教徒、キリスト教徒、ジャイナ教徒などの少数派の宗教集団の人たちが、なかよく暮《く》らしている地域もありました。国境《こっきょう》をこえるときに緊《きん》張《ちょう》が大きく高まり、パキスタンに入国するイスラム教徒とインドに入国するヒンドゥー教徒やその他の宗教の人たちのあいだで戦闘《せんとう》や殺人《さつじん》が起こります。暴力が起こったのは、ほとんどがかつては平和だった場所です。千四百万をこえる人が国境をこえたと考えられていて、そのあいだに少なくとも百万人が死んだといわれています（もっと多いという人もいれば、少ないという人もいます）。史上最大の集団移動です。

この小説で描《えが》かれる架空《かくう》の家族も、そういう地域で暮らしていました。この一家の経験《けいけん》は、おおむねわたしの父側の家族の経験をもとにしています。父は、両親ときょうだい（わたしの祖父《そふ》母《ぼ》、おば、おじ）とともに国境をこえて、ミールプル・ハースからジョードプルへ移動しなければなりませんでした。ちょうどこの本の主人公ニーシャーとおなじです。父の一家は無事に移動できましたが、家とたくさんの持ち物を失い、見知らぬ場所で難民《なんみん》として再出発することを強いられました。わたしの親類が経験したことをもっとよく知りたい、その気持ちが大きな動機になって、この本を書きました。

この時期に権力の座にいたおもな人物は、ムスリム（イスラム教徒）連盟《れんめい》の指導者ムハンマド・アリー・ジンナー、インド国民会議の指導者ジャワハルラール・ネルー、イギリス人のインド副王《ふくおう》で、独立へむけた移行を監督《かんとく》するためにインドへ派遣《はけん》されたマウントバッテン卿《きょう》、インド国民会議の元指導者で非暴力《ひぼうりょく》の反戦活動家マハートマー・ガンディーです。ジンナーは、少数派のイスラム教徒はインドの新政府で公正に代表されないと考え、イスラム教徒による独立した国を望んでいました。ネルーとガンディーはインドの分割を望まず、ひとつにまとまったインドこそよりよいインドだと信じていました。権力の座にある人はみな、さまざまな集団のあいだで平和な関係を築《きず》くことを望んでいたのですが、それを実現するいちばんの方法について意見が一致《いっち》しなかったのです。

この紛争を生むにあたってだれがより大きな役割をはたしたのか、さまざまな説が唱《とな》えられてきましたし、いまも論争はつづいています。多くの人がその後の暴力を〝相手の側《がわ》〟のせいにしていますし、おそろしい行為《こうい》に苦しめられて家族を失った多くの人は、加害者《かがいしゃ》を許す気にはなれません。ニーシャーとその一家の旅は、わたしの父など一部の人たちの旅よりは厳《きび》しく、ほかの人たちの旅よりはやさしいものです。この本では、いまわかっている歴史と想像してつくりだしたシナリオを組みあわせ、この時代に起こった可能性のあるひとつの物語を示しました。

いまでもヒンドゥー教徒とイスラム教徒の一部の集団のあいだに、また世界じゅうのさまざまな宗教集団のあいだにも対立があります。過去のあやまちを思いだすことで、よりすすんだ、寛《かん》容《よう》な、平和な未来を築けるのではないでしょうか。ちがいを受けいれることは人類にとってずっと大きな課題《かだい》であり、それは何千ものかたちで表にあらわれてきました。これもまたそのひとつのかたちです。

謝辞

一冊の本を出すには多くの人が必要ですので、たくさんの人に感謝《かんしゃ》しています。

代理人、ピピン・プロパティーズ社のサラ・クロウがいなければ、わたしはとほうに暮《く》れてしまうでしょう。この業界《ぎょうかい》でもひときわすぐれた代理人で、魔法《まほう》のようにわたしの作品を売りつづけてくれているだけでなく、長年にわたって気持ちよくつきあってくれてもいます。

なみはずれた編集者《へんしゅうしゃ》、ナムラタ・トリパティと仕事ができたのも、とんでもなく幸運でした。やさしくすばらしい編集上の手引きと視点のおかげで、この物語をいきつくべきところへいきつかせることができました。ほんとうに恵まれていたと思います。

つぎのかたがたをはじめとする、コキラ社とダイアル社のみなさんに深い感謝を。ラウリ・ホーニク、ステイシー・フリードバーグ、シドニー・マンデー。原稿整理《げんこうせいり》編集者のロザンナ・ラウアー、編集主幹《しゅかん》のクリステン・トッゾとナタリー・ヴィールキンド、本書の制作にかかわったすべてのみなさん。デザインチームのクリスティン・スミス、ケリー・ブレイディ、ジェニー・ケリー、ジャスミン・ルベロ。エミリー・ロメロ、エリン・バーガー、レイチェル・コーン＝ゴーラムをはじめとする営業チームのみなさん。シャンタ・ニューリン率《ひき》いる宣伝チームのみなさん。

カーメラ・イアリア、ヴァネッサ・カーソンをはじめとする学校・図書館営業チームのみなさん。デブラ・ポランクシー率いる販売チームのみなさん。倉庫でこの本を包装《ほうそう》して発送してくださったみなさん。

ライティング・グループのすばらしいみんな、とてつもない才能をもつシーラ・チャリ、サヤンタニ・ダース・グプタ、ヒーサー・トムリンソンは、最初のひと文字を書きはじめるときからずっと応援してきてくれました。

たいせつな友人、サラ・ヒナウィとアデル・ヒナウィの貴重《きちょう》な視点のおかげで、この小説をかたちにすることができました。

思いやりと愛情のある母、アニタ・ヒラナンダニは、望みさえすればなんでもできるといつでも感じさせてくれます。たとえほんとうは無理なときであっても。

妹のシャナ・ヒラナンダニは、生活と執筆《しっぴつ》でいっぱいいっぱいになったときに救ってくれます。信頼《しんらい》できる読者であり友人でもある彼女の妻、ネタニア・シャピロにも感謝の気持ちを。

義理《ぎり》の両親、フィリス・バインスタインとハンク・バインスタインは、長年にわたってわたしの家族と執筆活動をたゆみなくささえてくれています。

夫のデイヴィッド・バインスタインは才能ある作家で、愛情ある永遠のサポーターでもあります。わたしがシャワーを浴びていなくても、よろこんで草稿《そうこう》をつぎつぎと読んでくれて、わたしが締《し》め切《き》りを抱《かか》えているときに家を切《き》り盛《も》りしてくれます。すてきなわが子、ハンナとエリは、毎日一生懸命《いっしょうけんめい》な姿《すがた》をみせてくれ、わたしに一生懸命働く気持ちを与えてくれます。

最後に父のヒロ・ヒラナンダニにお礼をいわなければなりません。インドとパキスタンの分離《ぶんり》独立《どくりつ》について書くことにしたのは、父の個人的な経験《けいけん》に刺激《しげき》を受けたのがきっかけです。それに父の愛、しなやかさ、わたしの人生における確固《かっこ》たる存在感からは、とてもたくさんのものを与えられてきました。すすんで自分の経験をわかちあってくれ、ニーシャーの世界の正確さについてたくさん相談にのってくれ、行き当たりばったりのメールや思いつきのメッセージに対応してくれたことにも感謝しています。それがこの本をほんとうにささえてくれました。父の両親でわたしの祖父母《そふぼ》、レワーチャンドとモーティーバーイー、父の姉妹でわたしのおば、パドマとドルパディ、父の兄弟でわたしのおじ、ナルー、グル、ビシュヌ、ラクマンにも、また一九四七年の分離独立によって人生が永遠に変わってしまった何百万もの人たちにも感謝の気持ちを。

訳者あとがき

この作品は、一九四七年八月のインドとパキスタンの分離独立《ぶんりどくりつ》をテーマにした小説です。その背景については著者《ちょしゃ》のあとがきでわかりやすく説明されていますが、いまでもインドとパキスタンのあいだには暴力的な対立が残っています。インドとパキスタン、ヒンドゥー教徒とイスラム教徒のあいだだけではありません。世界のあらゆる場所で、宗教《しゅうきょう》、民族、人種、氏族《しぞく》、国籍《こくせき》、セクシュアリティなどさまざまな境界線《きょうかいせん》で絶えず衝突《しょうとつ》があり、人と人が傷つけあっています。ニーシャーのお父さんは「人間をグループにわけたら、どこかのグループがほかよりすぐれているとみんな思いはじめる」といいますが、おそらく友だち関係など、身近なところでも思いあたる経験《けいけん》がだれにもあるのではないでしょうか。

どうやら人間は「自分（たち）ではないもの」との関係で自分を定義《ていぎ》し、意味づけをせずにはいられない生き物のようです。ヒンドゥー教徒であるには、ヒンドゥー教徒でないものの存在が必要です。日本人であるには、日本人でないものの存在が必要です。男であるには、男でないものの存在が必要です。健常者《けんじょうしゃ》であるには、健常者でないものの存在が必要です。さまざまな境界線を引いて「わたしたち」と「かれら」をわけ、ちがいを強調し、自分とちがうものを排除《はいじょ》して、対立するのは、人間という生き物に深く組みこまれた条件なのかもしれません。

けれども、そうしたちがいを暴力につなげることなく、ちがいを抱《かか》えながらともに生きていくことができるのもまた人間ではないでしょうか。『夜の日記』では、宗教対立の激《はげ》しい暴力だけでなく、ちがいをこえた人と人のつながりもたくさん描《えが》かれます。ニーシャーのお父さんとお母さんは宗教のちがいをこえて結婚《けっこん》しましたし、イギリスから独立するまでは、ニーシャーのまわりでもイスラム教徒、ヒンドゥー教徒、シク教徒らがずっといっしょに生活していました。料理《りょうり》人《にん》のカジはもちろん、お父さんの同僚《どうりょう》のアーメド先生、お母さんの弟のラーシッドおじさん、おじさんの隣《となり》の家で暮《く》らす少女ハファなど、イスラム教徒の人たちとの心あたたまる触《ふ》れあいもいたるところにあります。つらい移動の最中の雨やどりの場面でも、ぎりぎりの状況《じょうきょう》のなかでの人間のやさしさに触れられます――けっきょくはみんなおなじ人間なのですし、人間には互《たが》いへの思いやりもまた深く組みこまれているのです。

「話すのはこわい。ことばがいちど外に出たら、もう口のなかにひっこめられないから」そういうニーシャーは、うまくことばを話せません。ことばは人と人をつなげるものでもありますが、人を傷つけたり、人と人を切《き》り離《はな》したりするものでもあるのですから。けれども、ことば以外にも人と人を結びつけられるものはあります。「いつだって料理は人をむすびつける」というカジのことばにあるように、料理もまさにそのひとつです。アーミルや亡きお母さんが描いた絵、ラーシッドおじさんが彫《ほ》る人形などもそうでしょうし、雨やどりのときの身振《みぶ》りによる無言の会話だっておなじです。ちがいがなくなることはありませんし、対立も絶えず存在しつづけるのかもしれません。けれども、いろいろな個性をもち、いろいろな状況におかれた人たちが、それぞれのかたちで境界線をこえて静かにやさしく触れあうことができる。その可能性をみせてくれるのもこの作品の大きな魅力《みりょく》です。その先にはおそらく、いまよりもやさしい世界があるのではないでしょうか。

本書の訳出《やくしゅつ》にあたっては、たくさんの方がたにお力添《ちからぞ》えをいただきました。青木誠也氏に編集《へんしゅう》を、平田紀之氏に校正をご担当いただけたのは、訳者として望外《ぼうがい》の幸運でした。理想的なかたちでこの作品を日本の読者へ届けてくださり、深く感謝もうしあげます。また、インド、パキスタン関係の用語については大工原《だいくはら》彩さんに確認をお願いし、正しいカタカナ表記などをご教示いただきました。どうもありがとうございました。最後に、本作の刊行が実現したのは代田亜香子先生のご尽力《じんりょく》のおかげです。刊行への道筋《みちすじ》をつけてくださったこと、原稿《げんこう》を確認して読みやすさを格段に高めてくださったこと、ヤングアダルト小説の楽しさとやさしさを教えてくださったことに、心からお礼をもうしあげます。

二〇二四年四月

山田文

選者のことば

ヤングアダルト（ＹＡ）というジャンルは、一九七〇年代後半にアメリカで生まれました。日本でも九〇年代あたりから、すぐれた作家たちが中高生を主人公にした作品を次々に出すようになりました。また、ファンタジーのほうでも新たな書き手が登場し、多くの若者に読まれるようになりました。

そして二〇二〇年代に入り、ヤングアダルトの世界はますます広がってきています。そんな流れをさらに推し進めたいと思って、〈モダン・クラシックＹＡ〉を立ち上げることにしました。二〇〇九年に始まった〈オールタイム・ベストＹＡ〉の続編です。

この十年の間に世界は大きく変わりました。そして海外のヤングアダルト作品も驚くほど変わりました。その変化をリアルに感じながら、どんなに変わっても変わらないものがあることを確認してみてください。きっと、目の前の世界が変わると思います。

二〇二四年一月十日

金原瑞人

【著者・訳者・選者略歴】

ヴィーラ・ヒラナンダニ（Veera Hiranandani）

ユダヤ系の母親とインド系の父親のもとコネチカット州で育つ。サラ・ローレンス・カレッジ大学院で文芸創作を学ぶ。サイモン＆シュスター社の児童書編集者を経て作家に。執筆活動をつづけながら同カレッジで創作も教える。本書以外の著書に*The Whole Story of Half a Girl*（2013、シドニー・テイラー優秀書籍賞、南アジア書籍賞最終候補作）、*How to Find What You're Not Looking For*（2021）など。

山田文（やまだ・ふみ）

訳書にヴィエト・タン・ウェン編『ザ・ディスプレイスト　難民作家18人の自分と家族の物語』（ポプラ社）、キエセ・レイモン『ヘヴィ　あるアメリカ人の回想録』（里山社）など。

金原瑞人（かねはら・みずひと）

岡山市生まれ。法政大学教授。翻訳家。ヤングアダルト小説をはじめ、海外文学作品の紹介者として不動の人気を誇る。著書・訳書多数。

Jacket illustration and original design by Kelley Brady

金原瑞人選モダン・クラシックYA
夜の日記

2024年7月10日初版第1刷印刷
2024年7月15日初版第1刷発行

著　者　ヴィーラ・ヒラナンダニ
訳　者　山田文
選　者　金原瑞人
編集協力　代田亜香子
発行者　青木誠也
発行所　株式会社作品社
〒102-0072　東京都千代田区飯田橋2-7-4
TEL.03-3262-9753　FAX.03-3262-9757
https://www.sakuhinsha.com
振替口座00160-3-27183

装　幀　水崎真奈美（BOTANICA）
編集担当　青木誠也
本文組版　前田奈々
印刷・製本　シナノ印刷株式会社

ISBN978-4-86793-041-0 C0397

【金原瑞人選オールタイム・ベストYA】

とむらう女

ロレッタ・エルスワース著　代田亜香子訳

ママを亡くしたあたしたち家族の世話をしにやってきたフローおばさんは、死んだ人を清めて埋葬の準備をする「おとむらい師」だった……。19世紀半ばの大草原地方を舞台に、母の死の悲しみを乗りこえ、死者をおくる仕事の大切な意味を見いだしていく少女の姿をこまやかに描く感動の物語。厚生労働省社会保障審議会推薦児童福祉文化財。

ISBN978-4-86182-267-4

希望《ホープ》のいる町

ジョーン・バウアー著　中田香訳

あたしはパパの名も知らず、ママも幼いあたしをおばさんに預けて出て行ってしまった。でもあたしは、自分の名前をホープに変えて、人生の荒波に立ちむかう……。ウェイトレスをしながら高校に通う少女が、名コックのおばさんと一緒に小さな町の町長選で正義感に燃えて大活躍。ニューベリー賞オナー賞に輝く、元気の出る小説。全国学校図書館協議会選定第43回夏休みの本（緑陰図書）

ISBN978-4-86182-278-0

私は売られてきた

パトリシア・マコーミック著　代田亜香子訳

貧困ゆえに、わずかな金でネパールの寒村からインドの町へと親に売られた13歳の少女。衝撃的な事実を描きながら、深い叙情性をたたえた感動の書。全米図書賞候補作、グスタフ・ハイネマン平和賞受賞作。

ISBN978-4-86182-281-0

ユミとソールの10か月

クリスティーナ・ガルシア著　小田原智美訳

ときどき、なにもかも永遠に変わらなければいいのにって思うことない？　学校のオーケストラとパンクロックとサーフィンをこよなく愛する日系少女ユミ。大好きな祖父のソールが不治の病に侵されていると知ったとき、ユミは彼の口からその歩んできた人生の話を聞くことにした……。つらいときに前に進む勇気を与えてくれる物語。

ISBN978-4-86182-336-7

シーグと拳銃と黄金の謎

マーカス・セジウィック著　小田原智美訳

すべてはゴールドラッシュに沸くアラスカで始まった！　酷寒の北極圏に暮らす一家を襲う恐怖と、それに立ち向かう少年の勇気を迫真の文体で描くYAサスペンス。カーネギー賞最終候補作・プリンツ賞オナーブック。

ISBN978-4-86182-371-8

＊在庫僅少／品切れの書籍を含みます。

【金原瑞人選オールタイム・ベストYA】

キングと兄ちゃんのトンボ

ケイスン・キャレンダー著　島田明美訳

全米図書賞受賞作！
突然死した兄への思い、ゲイだと告白したクラスメイトの失踪、
マイノリティへの差別、友情と恋心のはざま、そして家族の愛情……。
アイデンティティを探し求める黒人少年の気づきと成長から、弱さと向き合い、
自分を偽らずに生きることの大切さを知る物語。

ISBN978-4-86793-022-9

【金原瑞人選オールタイム・ベストYA】

メイジー・チェンのラストチャンス（仮題）

リサ・イー著　代田亜香子訳

ニューベリー賞オナー賞受賞作！
2024年9月刊行予定

＊以下続刊